ETCOETERA

ETCOETERA

(contos)

RICARDO ARAÚJO

São Paulo
2019

AUTOR
Ricardo Araújo

REVISÃO
Equipe Musa

PROJETO GRÁFICO E DIAGRAMAÇÃO
Teco de Souza | www.leialivros.com.br

CAPA:
Teco de Souza,
sobre *Black Circle* (1923), de Kazimir Malevich.

Dados Internacionais de Catalogação na Publicação (CIP)
Bibliotecária Juliana Farias Motta CRB7/5880

A663e Araújo, Ricardo
Etcoetera : contos / Ricardo Araújo. — São Paulo : Musa, 2019.
112 p.; 14x21cm – (Musa Ficção, v.9).

ISBN 978-85-7871-030-9

1. Literatura brasileira. 2. Contos brasileiros. I. Título: contos.
II. Série

15-09345 CDD-B869.3

Índice para catálogo sistemático:
1. Literatura brasileira. 2. Contos brasileiros.

 Impresso no Brasil,
1ª edição, 2019.

MUSA EDITORA
T 11 3862-6435 | 35 99892-6114 musaeditora@uol.com.br
www.musaambulante.com.br | www.musaeditora.com.br
Facebook.com/MusaEditora | Twitter.com/MusaEditora

SUMÁRIO

1

SABINA

"Enquanto ele supuser que não fui dele só,
será só meu."

De "Sabina", Artur de Azevedo

Ué, o ópio, o processo, o tempo, passa! Não lembro quando vi Sabina pela primeira vez. Foi assim: de repente ela já estava na minha cama. Sua escova de dentes ao lado da minha, seus frascos no banheiro, também suas perfumadas toalhas e lençóis macios. Sabina chegou e ficou. Do casamento lembro apenas quando saímos para nossa lua de mel. Conhecemo-nos, passamos alguns dias juntos, passeamos, visitamos museus, bibliotecas, monumentos...

Aqueles dias já passaram e minha vida está envolta em uma procura por saber quem eu era, pois sei mais de Sabina do que de minha própria existencialidade. Às vezes, penso se não sou ela e que em algum lugar desse país, desse mundo, desse universo e, mesmo desse que acho ser meu ser; e me aumenta a fé de que posso localizar e confrontar e descobrir onde está e quem no fundo ela é.

"Quando as coisas encasquetam-se em nossas cabeças

nunca mais saem de lá", dizia minha mãe. Viemos de uma raça com traços fortes, rudes e com febre de imaginação. E a rudeza tem seus encantos, pois as carícias mais sublimes sãos feitas pelos homens mais rudes. Sabina era deliciosa na carícia e era satânica na maldade. Seus cabelos eram de uma cor que apenas consigo uma pequena aproximação com a cor das cerejas. Eles possuíam uma tonalidade ignota, um brilho mortal e quando os recordo vêm à minha memória algumas palavrinhas que jamais encontrei razão para significar significados: "ser e já". Nunca entendi esse substantivo abstrato, nem mesmo sei se é mesmo uma coisa espiritual ou real, matéria com peso e sujeita a corrupção; se alguma coisa pode ser chamada de diáfana, de irreal e, em um lance de aporia, o seu completo oposto, uma *coincidentia oppositorum,* esse ser seria Sabina. Que mulher! Essencialidade deveria estar ali! E esse advérbio, "já", confuso, que colocado nesse parágrafo já muda o que queria dizer sobre esse nome ignoto dos ignotos: Sabina! Advérbio de talvez centenas de arranjos e semantizações, unido (que seja!) por uma reduzida partícula de cópula, ligando aquela doce e meiga palavra "ser" a esse raio adâmico disparado, sem dó nem piedade, àquela aproximação que busco incessantemente e quase a tenho... já como palavra. O cabelo cereja... e o ser ali: Sabina.

Olho em um espelho. Vejo a moldura e o brilho extraído dessa superfície metálica sob um dielétrico. Não vejo mais que esse absoluto vazio que é essa imagem da própria luz. Os espelhos, nenhum, nunca mostraram Sabina. Como reproduzir aquelas cores cerejas e, principalmente, qual o resultado de uma imagem que teria como escopo projetar a essencialidade? Vou refazer esse exercício de lógica medieval, desse entimema que busca uma orientação para o bom entendimento das coisas, das causas e da impossibilidade de habitar dois lugares ao mesmo tempo... Seja: como Sabina poderia ser refletida, em puro lance de luz e sombra, e estar com seu ser naquele espelho ali da parede, com seu brilho e luminosidade, sendo que ela está aqui nesse momento, nesse agora, no fatídico já, e me oprime com esse mesmo ser que deveria estar lá...já.. hipostasiado naquele espelho... naquele espelho...

Não quero tergiversar a respeito do pouco que não sei. Também não me ocuparei de ativar minha memória a procura de razões ou explicações por não acreditar nesse reflexo que, nesse momento, vislumbro. "Algumas coisas só descobrimos quando dormimos", com essas rimas pobres minha mãe ensinava que, em certos momentos, dever-se-ia dormir com o problema recém-criado na cabeça, em vez de dar uma solução rápida e correr o risco do erro e do engano, aliás, muito comum nos espíritos dos jovens. A receita então seria colocar a cabeça no melhor conselheiro, o travesseiro, e esperar o outro dia... "Tudo passa", ela afirmava. E sempre depois desse "tudo passa" o sono vinha para mim.

Acho que foi a impossibilidade de refletir-se em um espelho que levou Sabina a se imaginar. E ela descreveu-se como ninguém! Talvez creditem à empáfia essa rotunda afirmação: "Dou de ombros. Sus!"

E ela compôs poemas que transmitiam mais cores que os matizes conhecidos, mais melodias que os sons poderiam originar e, ao mesmo tempo, detalhou, metonimicamente, cada curva, cada outeiro e valas de toda a geografia de sua pele.

Entendi, pelas suas minúcias, todos os "nanos" universos que nunca poderiam ser visualizados em seu ser. Aquilo era uma experiência que me humilhava e me tornava um micro anão perdido naqueles mínimos espaços que existiam no seu pequeno ser. Outras vezes, ela compunha verdadeiras óperas, peças grandiosas, próximas às de Wagner, que transmitiam a tensão e o caráter monumental das imagens que se irmanavam e que se comunicavam mesmo existindo cada qual em distâncias apenas medidas pela tabela do ano-luz.

Nesses momentos, ela era ao extremo metafórica e o meu eu apreendia apenas o todo do tudo. Verdadeira experiência numinosa da totalidade, como transmitir agora com minhas palavras aquela força do mundo das imagens que somente Sabina conseguia conjurar?

Mais horas que fogem sem eu saber para qual lugar do mínimo ou do infinito, mas sinto que vão, correm e que fogem pelas urdiduras do tempo, como as areias das praias que escapavam entre os espaços dos meus dedos quando queria segurar toda a quantidade de areia que levantara com os esforços das minhas mãos. Sempre senti esse prazer de ver a areia fugindo por entre os dedos como alguma coisa indomável e indomesticável. E Sabina olhava essa minha ocupação e ficávamos como autistas os dois observando a areia cair, como uma eterna ampulheta... Assim ficávamos horas, um olhando para o outro, mesmo quando não havia mais areia para rolar para baixo... Então acredito que criávamos de novo e de novo e de novo aquela mesma imagem e assim perdíamo-nos os dois nesse caminho dessas horas que marcham para a luz, como caminho, quiçá: verdade e vida. Todo esse tempo que ocupávamos ali, eu não imaginava outra coisa que não fosse a Sabina esse próprio momento.

Algumas vezes consigo compor uma imagem de Sabina. É débil e fraca. Não sei o que dela há nessa imagem e creio que há muito mais de minha interpretação, e da visualidade dela, que engendro e concebo como se pudesse ser seu ser. E, finda essa tarefa, não afirmo mais aquela visualidade, aquele retrato, tão pobre em dimensões e substancialidade, em cores, em efeitos, em sabores, em cheiros, em horas, em espaços, em dimensões, em sons, em sentido, em realização como objeto vivo, mesmo que na memória; não afirmo mais aquela visualidade... como sendo Sabina. E de novo resta completar aquela imagem com minhas observações, com sentidos e significações extraídos de minhas maculadas, contaminadas lembranças de minha memória e, portanto, não do ser de Sabina, mas do meu ser.

Não sei quem foi, quem é e quem aparenta, agora ao meu lado, ser Sabina. Olho e não vejo nada, pergunto, inquiro, não responde. Busco tocar, mas minhas mãos voltam com o vazio em entre os dedos. Não sei como conheci. Não sei quem é. O que dirá, o que será! Em minha mente vinham as passagens da música "Quizás, quizás, quizás, Estas perdiendo el tiempo. Pensando, pensando" e lembro dos travesseiros...

Jogados para o alto, para os lados, em um balé mudo de brancura e de quedas... tudo que sobe cai. As lembranças são falhas da memória porque nos contam uma história limitada por escolhas e pela impossibilidade de estar naquele lugar, naquela hora, com todo o universo que compunha aquele quadro daquele momento. O quadro daquele momento, todo ele, é o que deve ser chamado de vida ou da vida de um ser. Eu me lembro dos travesseiros que estão agora sob minha pesada e disforme cabeça onde passam alguns metros cúbicos de sangue, mas não vejo Sabina, nem mesmo vejo a mim naquela cena: muda, sem gravidade, onde os travesseiros voam leves vazios de algodão, de penas de gansos, sem vida, sem peso e que não precisam da força da Sabina para se movimentar, nem mesmo da minha. O único ponderável nessa lembrança são as palavras que me vêm à mente e transmitem uma pequena tensão daquela vida que não se tem mais. Sabina somente pode ser expressa nessas palavras que lembram e, mesmo assim, volatizam seus gestos e suas ações. Sua alma que daria uma integridade do seu ser permanece como tinta neta inscrita nessa memória agora claudicante e falha e por isso eternamente incompleta. Quanta hipocrisia, se bem que perdoável porque éramos jovens, quando inscrevíamos no papel amarelado chamado "aquele momento" nossas "eternas juras" de amor. Agora, nesse amarelado tempo que se passou, reúno, como um pássaro ansioso para formar um ninho, pequenos gravetos daquele tempo, perdido do passado com Sabina. E as doces e calmas palavras de minha mãe de novo aparecem e sempre com força: "Tudo passa, querido." Sempre depois das palavras vem o sono. Meus olhos pesam, e sei que, nessa pequena morte que é o sono, posso tocar Sabina e a encontrar em sua essencialidade e sua existência, completa, imaculada, que nenhuma lembrança e palavra alguma saberão ao menos descrevê-la e já posso senti-la penetrando no meu sono: Sabina, seu corpo e eu.

2

AQUÉM DA IMAGINAÇÃO

A cidade não era pequena, não era grande. Era média. Uma média mais para pequena que para grande. Mais para pequena, mas tinha tudo. Restaurante, cinema, lanchonete, pizzaria, hospital, igreja, muitas igrejas. Muitos bairros, de classe média, de rico, de pobre e de lorde. E perto de um bairro de lorde havia uma pequena vila. Uma vila fechada, dessas chamadas de "condomínio horizontal".

Chamava-se "Vila do Bosque" e possuía cerca de 160 moradias e no mesmo lugar um pequeno comércio no qual havia um bar, um boteco completava o Bairro dessa pequena cidade. Não era mais que uma pequena cidade. E nas pequenas cidades até os insignificantes incidentes assumem características de grandes eventos. Assim é a regra da proporcionalidade dos acidentes: quanto mais pessoas ficam sabendo mais eles se agigantam e chegam a ganhar dimensões colossais. Malthus, injustamente colocado fora de moda, previu com cristalina lucidez essa proporcionalidade. São esses incidentes que movem toda uma tropa de gente que se subdivide em pequenos grupos que até décadas recentes eram chamados de fofoqueiros, esse meio de comunicação que Virgílio chamava de Fama, que serve para aclamar, interpretar a partir de uma cena toda uma construção teatral.

E num dia entre os dias, quando sempre a noite chega. Em frente a uma casa dessa vila...

Em frente a uma das casas que estava para vender, certa hora da noite, ouviu-se o barulho do que parecia ser um motor de um caminhão. E era um caminhão, desses que fazem mudanças e param de frente a um portão e começam a despejar toda uma mobília, dezenas de móveis, caixotes e mais caixotes. Vizinhos dos lados puderam, apurando a vista e com boa matemática, contar, e conferir, a prova dos noves da espionagem bateu: "215 caixotes!". Foi dessa maneira que exclamou o senhor Bernardo, dono do bar, "La Forête", como espelhava em letreiro de mau gosto mesclado com a simplicidade da madeira em que se apoiava as letrinhas de néon, depois de ouvir o senhor Mundico a se dizer surpreso com aquela quantidade.

"O que será que contém todos aqueles caixotes? Qual a finalidade de tantas caixas?" — complementou seu início de exortação Bernardo.

"Não sei". Continuava continuava Mundico, aposentado como Carteiro, ainda sonhava em saber os conteúdos das cartas que levara: "Saí de casa para perguntar aos trabalhadores, mas disseram que apenas carregavam. Não sabiam o que levavam. Eram apenas empregados da transportadora. Mas disseram que o novo morador viria depois e que cabia a eles arrumar todos os móveis, pois o dono chegaria após uma semana para ocupar a sua casa. Perguntei-lhes ainda o nome do novo inquilino e disseram que não sabiam. Arrisquei-me de novo e inquiri se os caixotes eram leves ou pesados, e falaram que eram muito pesados e que estavam lacrados, mas minha tentativa não foi em vão. Uma vez que acabaram soltando a informação de que os caixotes — todos — tinham vindo do exterior. Não sabiam de que lugar.

E todos aqueles amigos de boteco reunidos, alguns sem o que fazer em casa, outros dando uma escapadela do trabalho, outros ainda sem ao menos saber por que iam todo fim de tarde passar algumas horas juntos. Conversando, bebendo, falando, ouvindo, e assim passavam e deixavam o tempo passar. Na ocasião, o tempo era preenchido tentando compor aquele enorme, colossal quebra-cabeças que era o propósito daquela quantidade de caixotes, do novo, ainda nem novo, morador. Tempo sem sentimento e sem recordação. Era apenas uma tarefa diária de preencher um álbum com figurinhas repetidas que nunca existiram. Essa é a ambição de um intérprete que quer analisar um fato sem conhecer os mecanismos que regem o evento ocorrido. Em outros termos: a alienação vista por um alienado.

"Eu também vi carregarem muitos móveis, mas não me lembro de ter visto entrar nenhuma cama de casal, o que deduzo que a pessoa, seja quem for o novo morador, não é casada" — contestou Euclides que adorava uma fofoca e tecia argumentos lógicos, como se fossem escólios. Sempre com ar detetivesco.

E no meio daquele redemoinho de vozes e de proposições

uma voz a mais se interpôs ao discurso da curiosidade, já generalizada. A mesa teórica estava franqueada ao popular bom senso que se deu com a fala de Vivinho que, em um laço de braços, como um faraó encontrado em uma tumba depois de milhares de anos e que nos espanta com seus braços de ouro cruzados por cima de um peito que quase ainda palpita, exclamou : "O jeito é esperar!".

Vivinho — pau para qualquer obra como era conhecido no Bairro - entendia de tudo que era mecânico e que podia consertar carro, máquina de lavar, encanamentos, "tudo ou quase tudo", era sua apresentação para a "senhora" ou para o "senhor", com o fecho dourado de sempre "só sei quanto vai sair depois que ver". Era um pragmático São Tomé, sem anel e sem Cristo humanizado, para expor a prática que leva à teoria e como essa pode enganar a outra, se se deixa levar pelos atos falhos dos sentidos, se bem que no ato das pequenas subtrações de mais valias, depois da atividade cientificamente analisada, Vivinho corretamente fechava o círculo da proposta capitalista, ao se encontrar diante do objeto de estudo, emendando "no trabalho tudo... tudo pode acontecer!". Aliás, depois de verificado com "os olhos que a terra ha de comer", o périplo do preço da força de trabalho retornava contabilizado como quantidades de cachaça, regulada em doses e desse modo cumpria-se a folha de pagamento. E era desse modo que, quando o serviço encarregado a Vivinho estava fora da engenhosidade diante das engenhocas, tornava-se mais valia asinina. Era o que lhe incumbia Bernardo — *incredibile dictu*! —- em momento tão importante e solene da curiosidade geral. Ao dirigir-se a Vivinho: "quando você vai aparar as plantas de frente do Bar, Vivinho?". Que não se fez de rogado, encarando o dono do Bar: "Hoje mesmo e me dá mais uma, e já anota aí para descontar da empreitada".

"Olá! como estão preclaros compadres", entrou apressado, gesticulando e falando a partir do lado de fora do estabelecimento, ainda na calçada. Apressado. — Com correção: *apressado*, era a expressão desses homens que, em determinado momento de uma vida primorosamente burocrática, abandonam o trabalho. Quase sempre um gabinete, uma tarefa formada por mesas e equipamentos de informática, e do mesmo modo que fizeram a carreira seguiram a plebeia vida civil, cuidando e temendo os fluxos da papelada, e quando tinham que falar diante dos papéis sempre impunham o ritmo senador, acompanhado da falsa modéstia e da genuína cabotinagem do deputado, coroado pela certeza canhestra e a justeza impositiva do juizado, contando, ainda, e, com um mover-se furtivo, soez e cuidadoso entre a multidão, como prática de formação — haja aporia! — de verdadeiro bedel. E era desse jeito que essa tipologia humana continuava a mesma vida falsa, trazida e imitada do hábito, que como uma casca de cobra, fora abandonada, sem mudar a essência do caminhar reptilíneo. Tal o trabalho, tal o senhor Ribeiro — jubilado na mesma fôrma em que se formara Mundico, na *assim chamada acumulação primitiva da idade, também conhecida de expulsória*. E de seu modo sinuoso de ser, senhor Ribeiro emendou, paragrafando mais um item na peroração coletiva, sob os auspícios daquele pirolusítico canto de Bar — "Qual a pauta de hoje?". *E*... depois de passar pelas oitivas de costume e de possibilitar todos os contraditórios, tacou nos ouvidos quase um veredicto embasado, *por supuesto*, nas opiniões gerais. "Bem. Diante do exposto, deve-se ir à boca de cena. Devemos passar da teoria à prática, da observação à empiria, aduzir provas concretas e dispensar a mera probabilidade para o domínio do fato. E creio conhecer alguém que poderá fazer um parecer *ad hoc et ad rem*, como especialista, com grande experiência e domínio do assunto, ou seja, que tem competência. Trata-se de Dona Biluca". E Ribeiro explanou, diante de uma pequena plateia, mas na verdade gigantesca para o nodoso raciocínio burocrático, a segunda parte de sua ideia, pois, e, segundo suas palavras, "a lei do tirocínio heurístico é cabal. Dona Biluca é a senhoria responsável pelo Departamento de Limpeza da imobiliária do afamado imóvel, e eu mesmo irei fazer as diligências com ela ou junto a ela, e aí saberei e responder-lhes-ei", finalizou. E nesse momento os ouvintes puderam fechar suas bocas que ficaram temporariamente paralisadas, como pedações de repolhos crus, diante da prestigiosa atividade de um eminente trugimão com sua bufoneada *bureaucratie*.

E depois que a farinha do tempo secou um pouco o assunto, tudo se tornou silêncio cercado apenas pelas zoadas de mutucas, que, de quando em quando, punham-se de heróis aventurando-se como Galahad, Percival ou Boors, à procura de seres bestiais naquele meio ambiente.

Mas outro Távola Redonda quixoteou. Fora Mundico que depois de esvaziar um copo, traçou um educado imperativo a Bernardo: "Mais uma loirinha, por favor, Bernardo!". Ao que o reles valete Vivinho retrucou: “Deixa que pago está, Mundico!”

“Ora, Vivinho, deixa que eu pago. Além do mais, não esqueça que você tem que cimentar minha calçada que a Cia. de Água e Esgoto quebrou há poucos dias...”. Nem o final da metafísica sentença foi cumprida e Vivinho finalizou: “Deixa, sábado estarei lá”.

E os amigos ficaram naquele canto de bar em exercícios de podada imaginação, em metafísica incompleta, revendo os álbuns de figurinhas sem repetições, mas tudo isso corria, paradoxalmente, para diante, para mais um dia, vida que corre e escorrega, tempo sem heróis e sem imaginação em uma cidade, um bairro em um cantão de Bar.

3

CHEIRO DO PASSADO

São nas horas solitárias e vazias que mais sinto a necessidade de recordar momentos perdidos no passado. A disponibilidade de nosso cérebro reverte-se em espaços para os sentimentos. Quando estes são deixados de lado, só conseguimos retomá-los quando coisas tão distantes nos chamam a atenção. Coisas inacreditáveis agem sobre nós quando o sentimento domina a razão, ocorrem coisas que a razão não gosta que se façam, mas sempre há a necessidade de se voltar ao passado.

Naquele momento tomei uma decisão e o globo inicia o giro mais rápido. Foi pensando em algo bem distante que à minha memória chegaram alguns fatos passados de minha juventude, que pensava ter esquecido. Agora, quando começo a rememorar aqueles dias, uma saudade me aperta o peito e certo ar de tempos perdidos volta às minhas narinas como cheiros do passado. Esse cheiro perde-se pelo cérebro e procura lastro em algum canto perdido da memória. Lembro-me de muitas coisas pelo cheiro, lembro do suor de meu pai, sua luta para se fazer entender pelas pessoas e seu impulso, quase suicida, em direção ao trabalho. Recordo as tardes comendo bolinhos de trigo que minha mãe servia com o café. Tardes de mulas encostando-se às cercas, de mulheres e de crianças de colo e de cachorros patéticos nas calçadas, cercados de moscas por todos os lados. Todas essas lembranças têm aroma. Do cheiro chego à cor e desta para uma pintura, um quadro que representa certas situações. Aporia e contradição: certas situações ou mesmo uma descrição, por exemplo, de um cachorro vomitando e comendo de volta o que colocou para fora. Para São Bernardo trata-se de um exercício de humildade, ao que o monge deve se manter atento. Essa reflexão montou em minha cabeça uma pintura franqueada por minhas vistas daquele momento em que corria de um lado para outro, tanto no mundo externo, pelas ruas do Bairro, quanto no interno, de um canto a outro da minha mente, em busca da solução de um problema que parecia impossível de resolução. Aporia e contradição: era como se estivesse eu mesmo na posição de Orestes, com as Fúrias ou Erínias, com semelhanças de moscas, com o odor do vomito do cão sempre correndo atrás de mim.

Foi aí que Ícaro, como um ícone iluminado, claro, branco e brilhante, começou a surgir bem no meio dos meus olhos. Não sei por que, mas comecei a pensar nele. Ícaro mostra que o preço da altura é a queda. Mas ensina também que há uma espécie de loucura, uma ascensão etérea e ao revés, pois, ao cair, o há se transforma em trágico ah!, e em uma fração de tempo, em uma parábola, subimos quando descemos: esse espectro que os suicidas devem ver quando se jogam dos lugares altos para alcançar o estado de repouso, talvez o único absoluto dessa relativa insone vida.

A ascensão de Ícaro permite enxergar os pontos mais altos. Ícaro declara que só é permitido para os sentimentos a altitude, quanto mais alto, mais vida, mais vista, mais sensação de poder e, consequentemente, a possibilidade de queda, em direção à realidade, será maior. Mas nada importa a esse anjo da altura. A sensação de cair, mesmo que por alguns minutos, vale mais do que uma vida inteira. Existem estas sensações, sensações que, sendo especiais, deixam as pessoas em estado de êxtase. Isso acontece pelo simples fato de serem experimentados dois sentimentos opostos ao mesmo tempo: o medo e o prazer. A alegria de cair de uma distância muito alta e sentir aquilo que poucos sentem, passar por tudo em frações de segundos, sentir em toda plenitude a vida de gerações e gerações de si e quiçá de todos passando pela cabeça; o medo de saber que não ocorrerá uma outra oportunidade e que a morte, então, será a única certeza, pois oportunidade é probabilidade e a queda representa a ambição do que pode ou não ocorrer. O suicida é um *Tio Patinhas* da ambição: ele quer o evento consumado na ação. A morte, então, deixa der ser possibilidade e se torna a única certeza em sua absoluta pré-anteperdida consumação. Assim caminha a natureza, não matematizada, humana.

Esses tipos de sentimentos não podem ser expostos para fora da psique humana como se fosse uma cabeça de Medusa, revelando suas serpentes que parecem pestilentas, mas são tão sensuais, encantadoras e misteriosas e que nunca caem da cabeça da Górgona. Eles se perdem entre tantos outros, mas em determinado momento alguém os encontra como pedaços de jornais estampando uma notícia do passado com seus significados embotados pelas leituras, pela inteligência e pelo tempo. A vida, lá do passado, muitas vezes, a vejo nas calçadas, nas ruas, em jornais e revistas antigas e são verdadeiras, espécimes de retalhos de sentimentos, portas metonímicas com as quais organizamos nossas lembranças, um quadro da vitoriosa Mnemosine.

O simples fato de alguma coisa no presente remeter imediatamente ao passado, deve-se a um rápido triunfo do sentimento e, quando isso ocorre, é de uma forma muito rápida. Por isso, para Ícaro, mesmo que o homem vislumbre os efeitos da queda deve buscar alçar voos mais altos. No voo, as lembranças são presentificadas, o passado passa a fazer parte física do momento da queda. Várias portas se abrem e todas se comunicam. Algumas têm cheiro, outras, sabores, outras, dores, outras, risos e infinitas sensações experimentadas durante a vida de uma, e por uma vida que nem se lembra de todos caminhos que as conduziram a certo lugar de um tempo qualquer. Planar não é voar, voar com asas não é altura. Voar nas alturas é sentimento e, para Ícaro, "*estradas com asas*".

Senti naquele momento um leve sabor na boca. E foi o sabor de frutas azedas que me levou àquele outro mundo e a reviver alguns episódios escolhidos da minha juventude. Eis alguns desses momentos: numa pequena cidade nasci, cresci, estudei um pouco e corri. Eu andava e corria pelas redondezas a pé ou de bicicleta, eu andava... andava de um lado para outro. Era um rapaz meio triste, com poucos amigos e sem manifestar muitas emoções. Mas nem por isso sai por aí, julgando os justos, pois sem o saber todos são inocentes.

Egoísta. Fui crescendo cada vez mais egoísta. No ápice da juventude só desejava uma coisa: saber que as mulheres que passassem pela minha vida se contentassem, se sentissem bem, de todas as maneiras. Para isto, eu apenas falava que as amava. Eu falava, elas acreditavam. Não pensavam que na minha cabeça, muitas vezes, passavam os pensamentos mais bizarros nos momentos de maior plenitude amorosa.

Foi sendo assim até que uma mulher importante para a minha vida apareceu quase por acaso. O acaso, decerto, é apenas a consequência de uma casualidade que desconhecemos, pois se conhecêssemos todos os nexos de uma cadeia que desenvolverá uma série de acontecimentos que gerarão um determinado evento, mesmo que aquela cadeia fosse finita, então, seríamos um pouco demiurgos da mão de nosso próprio destino. E um ato seráfico, genial e mediúnico ocorreu. Fiquei conhecendo-a sem consciência do conhecer, por um acidente nos relacionamos. Não era diferente das outras. Era igualzinha. Pensava que sabia e não falava aquilo que queria, porque pensava que sabia e não expressava aquilo que queria, porque pensava que sabia que o que eu dizia era aquilo que eu pensava, e ela também não sabia que eu sabia o que ela sabia e não falava, pois para ela saber era expressar por pequenas fendas da alma o íntimo do seu intelecto.

Hélène era uma mulher calma e serena. Passou pela minha vida como uma sombra. Sem pressa, sem destoar, com uma silhueta inodora e em preto e branco, daqueles tempos em que cinema e TV em preto e branco eram toda a coloração exterior, mas que pelas brechas do espírito adquiriam tantas tonalidades que preto e branco apareciam como selvas tropicais e, aporeticamente, ao mesmo tempo, mosteiros engastados, cobertos de neve em uma zona de cordilheiras frias e gélidas. Acompanhava-me em todo lugar e em todas as horas que eu nem sequer notava mais sua presença no meu presente. Com Hélène, vivi oito anos, vinte e nove dias, e cinquenta e cinco minutos, lembra? E tivemos uma filha, mas não consigo lembrar quando nos conhecemos, quando nos casamos. Não me lembro nem mais de seu rosto. A única lembrança que tenho dela é uma foto três por quatro e em preto e branco. A única recordação que tenho de Hélène ocorreu em uma manhã de inumeráveis outras manhãs.

Naquele dia acordei bem cedo. Tomei meu banho e me servi do café da manhã. E só, então, percebi que *Hélène* não estava mais ao meu lado, pois morrera e fora enterrada no dia anterior. Foi naquela manhã que me dei conta da minha vida quando senti a falta de *Hélène*. Só agora fazia uma imagem do que fora até então *aquela* na minha acidentada vida. E algumas imagens se misturavam com cheiros e com gostos. Eu e Hélène, no cemitério, e a luz fraca de um final de tarde caia sobre um círculo de pessoas, famílias, amigos de vida, de bar, nas noites com álcool. Todos observando inertes o caixão ornado de flores, coroas, objetos de lembranças e mensagens. O que ainda teima em ficar na minha memória foi justamente aquele dia anterior. Quando acordei, Hélène estava na mesma posição que assumia sempre quando estava dormindo. Seu braço direito embaixo do travesseiro, de costas para mim, com seu corpo de lado e suas pernas retas em direção ao outro lado da cama. Mas desta vez ela não se virou para me sorrir e falar "bom dia, amor". Quando toquei sua branquíssima pele estava fria e áspera. Fiquei apavorado e com medo. Peguei Hélène nos trêmulos braços, coloquei-a no carro e fui para a casa de minha mãe e pedi que tomassem as providências para organizar o féretro.

Agora sentia uma saudade interminável e precisava refletir sobre o que fazer de minha vida. Precisava também pensar em Hélène, agora apenas minha filha. Sozinho. Sozinha. Sozinhos. Eu não eduquei nem a mim mesmo? Teria que fazê-lo a partir de então. Duplamente e solitariamente, na pequena imensidão e na vastidão do umbigo. Daquele dia em diante meu exercício diário era refletir sobre minha vida. Dez anos se passaram desde que Hélène se foi. E sinto-me eternamente impotente para dar explicações. E vem esse desejo de escrever minha vida toma forma física nesses momentos em que minha própria forma física caminha a favor do relógio. Comecei este texto, esta forma física em que observo, as 14h45. Sou como Auguste Comte e sei tudo sobre minha própria vida. Sei tudo o que vou colocar neste texto. E sei o que vai significar para mim mais quatro horas de trabalho nesse computador. Mas vou escrever e contar tudo. Tudo de uma vez. Não vai ficar nada sem explicação. Sei que saberei tudo que escreverei.

No momento em que Hélène morreu eu já sabia também o que ia fazer. Por isso, esperei. De minuto em minuto, de hora em hora, de dia em dia que fiquei relembrando Hélène.

Isto somou dez anos. Peguei, então, minha bicicleta. Era uma "Tigrão", uma bicicleta antiga com "selim". Quem se lembra da novela "Primeiro Amor"? Naqueles anos a bicicleta era o principal presente desejado pelas crianças. Nos anos 1970 a bicicleta deixava de ser meio de transporte para adultos para ganhar o estatuto definitivo de brinquedo e diversão da garotada. Época em que eu era meninote, lembro que então ganhei uma, pegava minha "magrela" e andava pelos quarteirões do bairro. Nesse novo Campo Grande, ladrilhado de paralelepípedos, onde passeio com meus pequenos dedos, percebendo no contato a mesma euforia de outrora que sinto agora com este pequeno teclado. Somos sempre infantis. Sempre jogamos pequenas partes de nosso corpo nessa felicidade externa, nesse amálgama de objetos. Minha bicicleta com pneu quase vazio pulava e exigia-me maior controle, braço e força. No Campo Grande soltava as mãos do guidão. E seguia nos tremulantes paralelepípedos vivendo já as pequenas quedas. As vezes até fechava os olhos. Andava com aqueles pneus bambos e quando a roda chegava muito perto do meio-fio, sentia, como sinto neste momento, os meus dedos no limite de uma tecla e temo agora por uma queda do meninote do passado.

Mas seguia em silêncio enquanto comia algumas maçãs azedas. Era a sobra da geladeira. Esta espécie de estômago aberto, frio e sempre generoso. As maçãs lembravam os filmes de Bergman e seus relógios parados ou que caminham contra o tempo. A bicicleta dormia na área de serviço. Quando ela chegou não vi mais nada, nem mesmo percebi que fora meu pai quem a trouxera e me presenteou. A partir de então, tratei-a como um animalzinho de estimação. Sempre tivera animais: cachorros, porquinhos da índia e um gatinho que morreu prematuramente porque, certa noite, ficara fora de casa.

São Paulo, julho de 1967, frio e chuvoso e distante. Naquela noite, policiais entraram em nossa casa pela madrugada. Minha família era grande. Meu pai trabalhava, meu irmão mais velho e todas as minhas quatro irmãs também. Eu não entendia o que eles falavam com meu Pai, mas via suas armas. O carro estacionado, bicado para o portão. Estava muito frio. Minha mãe costumava acender o fogão para aquecer a casa. Um forno quente em dias frios é coisa propícia a outras recordações. Mas quando a porta era aberta entrava uma "lufada de vento frio", como dizia meu pai. E dois dos policiais entraram: viram minhas irmãs que estavam dormindo. Não as acordaram. Talvez nunca tenham acordado para aquele episódio. Sempre foram inocentes. Tenho certeza de que tenha sido melhor assim. Eles viram meu irmão mais velho e pediram a "profissional", meu irmão cambaleando de sono, pegou, mostrou e foi dispensado. Foram embora. Nunca mais voltaram. Nunca mais os vi. Meu irmão mais velho quase trinta anos depois me revelou: "aqueles policiais até que foram bons, estavam procurando terroristas, viram que éramos gente de *bem* e nos deixaram". Santa ingenuidade, somente depois desse tempo fiquei sabendo por que fora acordado em uma madrugada de julho de 1967. Chácara Santo Antônio. Rua Enxovia: não é ironia. Naquela noite, na Rua Enxovia o gatinho morreu. Naquele momento comparei a situação com alguns anos atrás e concluí que estava ficando velho e que não conseguiria correr o suficiente para fugir da verdade. Minha decisão era simples: deixaria minha filha com os avós dela.

Meu pai fora representante do antigo IBDF — Instituto Brasileiro para o Desenvolvimento Florestal. Lá ele travou contato com "malacos" de todo tipo: o serviço público federal é pródigo em faunas perversas, azedas e amarelas. Pessoas que sabem perseguir de forma constante, soez e tenazmente. O homem, o valor, ficam de fora, o que vale é o papel. Meu pai nunca foi de politiquices. Quando ele foi para Capão Bonito, divisa de São Paulo com Paraná, ele conheceu muito bem a política das salinhas. Foi maltratado e humilhado. Fizeram tanto que ele lá tivera um derrame. Ele era uma ameaça aos que não faziam nada. No serviço público há uma força interna constante que tenta jogar para fora os que pensam em fazer alguma coisa. São em pouco número, mas existem, são fortes como o sertanejo euclidiano, e incomodam.

A primeira vez que minha mãe viu Hélène não gostou muito, mas depois a tolerou. Fiquei tranquilo. Continuei meu caminho. Agora, relendo o que eu fiz, dessa altura em que me vejo, tento em vão encontrar sentido passeando pelas avenidas, mirando as vitrinas e aceitando a condição de constante solidão. Cinco da tarde. Meu relógio parecia um pequeno queijinho redondo faltando quase uma metade, mas andava. Meu ensino primário fiz em Santo Amaro. Bem na periferia. Nossos sanduíches eram geralmente de mortadela. "Morta quente ou morta fria?!", o Toninho da cantina gritava esses dois tipos de sanduíches e a garotada de camisa branca e calça azul-marinho se apinhava em volta do pequeno balcão. Eram quase todos meninos da classe pobre, poucos eram da classe média, mas eram todos limpinhos e eu me sentia bem em reconhecer meu cheiro nos cheiros deles. Todos tomavam banho antes de ir para a escola. Nós entrávamos às sete da manhã. E no final da década de 1960 e começo da de 1970, São Paulo era uma cidade cruelmente fria. Nós vivíamos nessa época em uma pequena casa. Perto da escola, próxima de um campo de futebol. Isso, para mim, era o máximo. Todo dia jogávamos bola. Havia um pequeno matagal perto do campo. Palco de muitas histórias que por muito tempo deixou a meninada afastada dele. Eram lendas rurais, quase urbanas, mas assustavam a meninada. Com o tempo meus amigos descobriram que o matagal dava para um pequeno lago e para lá íamos no verão nos deliciar. Matávamos aulas para isso. Mas certa vez fomos pegos por alguns seguranças. Então descobrimos que aquele lago fazia parte do Golfe Clube de São Paulo. Fomos descobertos justamente quando nós o descobrimos. Resultado: colocaram guardas ali diariamente e este foi o fim de nossas tardes refrescantes. Foi por essa época que comecei a vender sorvetes. Eu e meu irmão, Elián. Saíamos da Escola, passávamos em casa e depois íamos até a sorveteria. Lá pegávamos cada um uma geladeira de isopor e uns setenta picolés e partíamos para as vendas. Quase sempre vendíamos um bom número de picolés. Tínhamos também uma cota de consumo: geralmente podíamos chupar umas três unidades. Mas, no final da tarde, quando alguns ficavam muito moles aumentávamos por nossa conta aquela cota e despachávamos todo o restante da caixa. Vendemos muitos sorvetes para peões que descarregavam sacos de cimentos em um depósito do bairro. Alguns, inclusive, compravam fiado. Abríamos conta porque, geralmente, pagavam direitinho. Certa vez, porém, um destes carregadores ficou devendo para nós uns cinquenta sorvetes. E passávamos sempre para cobrar, mas não o encontrávamos. Certo dia, o Elián resolveu perguntar, então ficamos sabendo que ele morrera em uma briga ali mesmo no depósito. Este foi o motivo para deixarmos de vez o negócio de revender sorvetes.

Agora o queijinho aumentou de tamanho: são 17h15. E o mundo todo gira à minha volta. Todos os acontecimentos passam como num filme em alta velocidade. Eu sei que isso é normal. Com o tempo as pessoas se formam: assumem mesmo uma forma peculiar: uns se parecem com tijolos, ou com jacas, outros com maracujás de gaveta, outros com geleia, com lesmas, com antas, ratos e porcos. São muitas formas, mas elas se repetem. Alguns ratos são diferentes, mas você percebe que são ratos, como *Ratos e homens*, de John Steinbeck. Aproveito agora o movimento giratório do globo para perceber as coisas em sua nitidez. A luz penetra em meus olhos. Forte e violenta. Penso então no que estou prestes a fazer. A minha decisão é simples, mas vou relatar apenas uma parte do meu projeto. O restante já está configurado nas linhas que já foram escritas. No computador pode-se perceber melhor: porque não há uma página em branco: apenas luz branca que penetra nos olhos e forma as formas da forma das palavras. As pessoas ainda podem morrer com segredos. Veja-se, por exemplo, *La chute*, de Albert Camus. Acredito que algumas coisas morrem com as pessoas. Quantas coisas meu pai levou para o túmulo com ele! Ninguém nunca saberá. Ainda somos egoístas por pudor, por medo, ou simplesmente para continuar vivendo depois de morto. As palavras ficam. Por isso, quem fala pouco leva muito consigo e com a morte. E o que não foi dito os vivos tentam decifrar: aí é que a palavra perdura. Naquilo que não disseram e as palavras que não foram ditas.

Olho para o relógio mais uma vez: são 17h30. Sempre estou apressado e olhando para o relógio. No começo quando era pequeno adorava relógios. Mas meu pai não tinha dinheiro para comprar um "de criança", como eu dizia. Então, para me contentar e enganar sobre esse aspecto, ele pintava um relógio no meu pulso, com ponteiro, corrente e números. Estes foram os meus primeiros relógios e minha mãe acabava com ele no primeiro banho. Só consegui meu primeiro relógio de verdade quando comecei a trabalhar em uma padaria do Bairro. Reservei do meu primeiro pagamento uma boa quantia e comprei o relógio de um mascate que vendia quinquilharias para os padeiros. Esta padaria ficava em frente à escola onde eu estudava e era comum eu atender os amigos da escola. Todos se assustavam, alunos, professores, funcionários, mas também me incentivavam. Eu ficava era orgulhoso. Afinal de contas, eu conseguia fazer as duas coisas, trabalhar e estudar. Na padaria eu entrava às cinco da manhã e saía às doze horas. Estudava às 14h30 e saía às 17h30. Minha mãe me levava até a porta da padaria, pois o percurso era um pouco perigoso. E era muito frio, perigoso e lúgubre.

Agora um frio viaja pela minha espinha, embora sopre um ar quente exalado pelos ônibus que sobem a Rua da Consolação. O verão na cidade na hora de pico é estonteante. Mesmo assim, prossigo com minha bicicleta *bamba*. São 17h45 e vejo os ponteiros do relógio se endireitando. Acredito que a melhor sensação, inexequível, é quando temos noção da altura. Talvez quem melhor tenha descrito este desejo foi Poe. O norte-americano chamava de *the imp of the perversity*. Uma queda deve ser feita com estilo. A decadência é uma queda, mas uma queda vista do exterior. Os outros é que veem o decadente. Este pensa que passa apenas por mais um *estado*. A decadência é a queda no tempo. A queda no espaço é pura sensação. "O homem que caiu pode obter a redenção", ouvia a voz do padre Basílio, vinda do passado. Aquelas palavras me traziam à memória o tempo em que frequentava a igreja do Bairro. Eu fora coroinha. Admirava a altura do teto da igreja, repleto de figuras de anjos e de inscrições, extraídas do Novo Testamento. A igreja era pura luz e eu quase perdi os sentidos observando um enorme lustre de cobre com centenas de lâmpadas que ficava em uma das salas laterais da nave. Naquela sala, padre Basílio recebia os fiéis depois da missa. Quando o lustre estava apagado viam-se apenas vultos negros, sombras, escuridão. Quando estava acesso: podia-se ver luz, claridade. Certa manhã quando vi dolorosamente aquele lustre jogado na rua, no lixo, percebi que a Igreja tinha mudado. Padre Basílio fora mandado para Mato Grosso, disseram. Creio? Naquele momento senti uma experiência de queda: percebi que a luz também se despedaça, que também se transforma em cacos, pedaços, em filetes de ouro, lixo urbano. O numinoso lustre era agora apenas um monte de cobre, com cacos de vidros, correntes de ferro e fios formando um labirinto monctezumaniano sem sentido, um verdadeiro embaraço, uma ilha de nada cercada por um oceano vazio.

18h00 horas. E tenho duas metades no relógio. Duas metades dividindo um todo. A vida é isso: um todo dividido. Agora estou na Avenida São Luís. Aqui percebo o verdadeiro significado do verbo "viajar". Viajar tem alguma ligação com burla. Sentimos o desejo de sair de um lugar, queremos nos deslocar, decolar, desligar-nos, mas nem saímos e já pensamos em voltar, retornar, entrar em casa. As coisas nos lugares. Os lugares com as devidas coisas. Em casa temos as coisas nos lugares. No outro ponto da viagem nos encontramos com os lugares com as devidas coisas. No "Hotel Guanabara" ali aprendi muita coisa. Carnaval. Estava saindo de uma relação. Maria, linda, bela, um par de seios alvos, pontudos, durinhos, lisos e esparramados. Conheci-a no curso de Sociologia. E fiquei de imediato apaixonado pelos seus seios. Escrevia na calculadora belos seios, aproveitando a proximidade dos números 0,1,3,5,7,8, com as letras B,E,L,O,S,S,E,I,O,S. Eu era presidente do centro acadêmico da Sociologia e Política e Maria vivia discordando das minhas posturas. Ela me chamava de burro, arrogante e outras coisas do mesmo naipe. Certa vez, estava bebendo cerveja com um amigo, Valter Negão, e ele apontou para Maria que estava um pouco distante e disse: "os peitos daquela *mina* são lindos". Naquele momento eu não falei nada para o Valter, mas fiquei com aquela imagem na cabeça. Logo em seguida passei a ser mais gentil com Maria e então começamos a namorar. Foi simplesmente uma delícia. Ela era linda, inteligente, tinha morado uns dez anos na França e sabia muitas coisas. Era viúva. E eu mal conhecia o marxismo. Ela me ensinou tudo o que eu sei sobre o amor, depois dela eu apenas repito coisas que aprendi com ela. Aquela imagem da Maria gesticulando com uma camisetinha Hering, branca, apertada, enquanto seus peitos passeavam pelos meus olhos era uma verdadeira viagem. E foi devido a uma viagem que acabou o relacionamento: ela foi para Paris. Deixei-a no aeroporto de Viracopos e nunca mais a vi. Ela disse que ia voltar, não voltou. Naquele mesmo dia deixei Campinas e fui com uma turma de amigos para o Rio de Janeiro. Carnaval. Hotel Guanabara. Conheci uma garota. Genial. Meu carnaval foi ótimo. Ficamos o tempo todo no hotel, mas o calor dos seios de Maria acalenta-me ainda em muitas viagens, em muitos hotéis.

São 18h15, agora começa a burla. O prazer de sentir que mesmo ao partir enganamos alguém. Este alguém deve sentir o mesmo que nós sentimos, mas de forma inversa. Deixo a velha bicicleta, parada perto da Biblioteca Mário de Andrade. Vou até o Edifício Itália. A verdadeira burla deve martirizar ou alegrar alguém por toda a vida. Por isso, para o homem quando termina a burla termina também a viagem da vida. Minha burla deveria trazer um indizível prazer. Eu sempre achei que a vida não passava de viagens que fazíamos em várias direções: a procura do eu, do conhecimento do ambiente escolar, da vida profissional, do "se jogar em uma paixão", do arriscar-se na vida. Para mim tudo era viagem. A viagem, *linguaviagem* como diz Augusto de Campos, me levava para o passado, sempre para o passado e suas lembranças e sentimentos.

18h20. Restaurante da cobertura do Edifício Itália. Uísque e mais whiskies. Lembranças e fatos atordoavam minha mente. Retomava todo o texto que ainda se escreve. Relia tudo e revia toda minha vida. Eu ali no meio da cidade viajando pela minha mente. Walter Benjamin bem perto. Olhava lá em baixo e via a Grécia de Péricles, com seus meninos gregos. Marx dizia que os gregos eram crianças normais. Desloco o olhar e vejo as colunas de Hércules, os portais de Marfim e os desertos que cobrem a África e a Orbis de Heródoto. Encontrarei ademais o *finis africae*, do Adson de Melk. Lembro disso, vendo um cartaz da Rússia, da brancura de Anna Karenina, da mãe de Gorki, do universo de Tolstói. E agora meu olhar internético vê na tela do computador, um *notebook*, a Arábia com seus Lawrence e suas vampiras das mil e uma noites. Borges adorava a história do jovem dos membros de ferro. As pessoas acabam lendo muito mais do que podem guardar. Mas uma hora tudo isso aflora. E vem como uma explosão. Nomes e lugares. Acho que antes de morrer o homem repassa todo o disco rígido de sua mole mente. Tudo é passado minutos antes de morrer em forma de índice, *still*, nomes, geografia e tudo em tridimensionalidade. É uma maravilha. E eu continuava retomando a viagem em volta de mim mesmo. Upanishad, Sófocles, Pavel, Lezama Lima, Herta, Ragnarok, Gautama, Dante, Caupolicán, Shibalanké e Gandhi. Recordava tudo e encontrava-os temporalmente na leitura de suas palavras e na imaginação dos seus gestos.

Depois do quarto uísque a pessoa apenas procura manter atitude, finge, para tentar dizer de forma confiável para qualquer interlocutor: "olhe eu ainda comando meu corpo e minha língua". Mas tudo é muito patético. A melhor coisa, nesses casos, é falar com gestos. Você move a mão lentamente, levanta a cabeça devagar e tudo se resume a uma pantomima. Se você disser alguma coisa a língua denunciará. Mas se você se mantiver calado, a ideia que vai passar é a de que está filosofando, ou que está curtindo uma fossa ou que simplesmente está relaxando. Dessa forma ninguém ligará a bebida a problemas, mágoas e saudades. Eu estou sereno. Pareço até um pouco taciturno, e misantropo. Mantenho um olhar de jetatura. Sempre gostei de Théophile Gaultier. Os garçons olham os clientes com olhar de impaciência e de não subserviência disfarçada. Sempre esperam um sinal. São peças de um mecanismo que não pode falhar. Ninguém pode esperar um segundo que seja. As pessoas não podem ser ignoradas num gesto que seja. Um bar de restaurante é um teatro ao vivo. Todas as personagens andam pelo seu interior e representam. Querem uma vida, e buscam, e lutam, e matam e vivem por ela, como personagens em busca de um autor, na peça de Pirandello. Um garçom gagueja ao me atender, logo depois repete a mesma pergunta: "o senhor deseja mais alguma coisa?". Nada respondo. Ele vai embora. Passam-se alguns minutos e no palco aparece uma mudança de ato.

Baudelaire cantava a cidade e os detritos urbanos, lixos urbanos: aquilo que os habitantes da cidade jogam para fora, puro deslocamento de existência: o que era meu passa a ser de outro. A cidade com seus lixos. Farrapos humanos são os lixos humanos que a sociedade expulsa, repele. Os suicidas sabem disso. O suicídio para Durkheim é um fenômeno social. A sociedade rejeita, o homem entende e elimina-se. Sente-se mal, um estado anômico, estranho se apodera dele. Então se mata. Os suicidas eram tratados como hereges. Shakespeare retoma este tema em *Hamlet*. Ofélia, bela menina, adorada por Rimbaud, se suicidou. Por isso, não recebeu os sacramentos, a unção da igreja. Pobre coitada, era tão religiosa. Rezava para ser perdoada na morte, mas por se suicidar tornou-se herege. A vida tem caminhos estranhos, já dizia Riobaldo em *Grande Sertão*. Os mendigos são por diversos problemas enjaulados na vida, um tanto covardes. As cidades, a sociedade os expulsam e eles não se rebelam contra a cidade, ao contrário, lambem suas bordas nojentas. Sob viadutos, em calçadas sujas disputam os lugares com as baratas e os ratos e insistem descaradamente em viver. Meu pai dizia que a morte deveria ser uma coisa muito boa, pois no mundo dos vivos "alguns se suicidam" — e ele completava seu raciocínio com esse entimema, cujas premissas estão divididas entre o *in loco* e o *além* mundo — "e nunca se soube de alguém que tenha se suicidado no mundo dos mortos, pois parece que ninguém nunca retornou de lá. Assim de duas uma: ou, na hipótese de se cometer um suicídio, segue-se para um outro mundo — caso haja um outro mundo para além do mundo dos mortos — ou *nunca* nenhum morto *jamais* se suicidou, pois — na hipótese de não haver um mundo além daquele dos mortos — então esse mundo — digo: dos mortos — seria tão bom e tão perfeito que ninguém de lá pulou para o mundano defeituoso e complexo em que vivem os seres vivos humanos". Ora, o suicídio é a ciência que pode revelar a tristeza mais entranhada, mais visceral do ser humano e, em uma revelação paradoxal, as vísceras no ar, quando surgem em decorrência deste ato, são exteriorizadas para a leitura dos iniciados, pela *hertomancia*, hoje no mundo mais civilizado são cobertas com jornal, ou colocadas pela polícia técnica para os novos hepatomânticos.

Se Baudelaire estivesse vivo e tivesse que cantar a cidade, ela falaria desses homens que não são mais homens, desses homens que aceitaram ser lixo. Dizem, entretanto, que eles choram silenciosamente na madrugada, como os coiotes dos desertos invisíveis da abstração humana. Poe dizia que os homens sempre têm outra chance, do contrário tudo estaria perdido. Pensava na eternidade e na experiência individual. Quando vejo um mendigo andando pelas estradas, com passos firmes, mas alienados, noto que sempre leva consigo alguma coisa — carrinhos, sacolas ou sacos — que representam a cidade, a sociedade e a súcia que querem ou pensam deixar. E vão pelas estradas esfarrapados, maltrapilhos, algumas vezes com chinelos ou mesmo sem calçados, com o pé lacerado, negro, devido à fuligem soltada pelos caminhões ou a negra e fétida poeira dos asfaltos. Mas um elo metonímico esses homens da estrada mantêm com a sociedade da qual imaginam fugir: a suja trouxa que carregam nas costas. Ela é a sociedade e como no provérbio árabe o homem não consegue saltar fora da sua sombra, o súcio não pode fugir completamente ignorante da cidade, que representa, segundo Hegel, o ápice da sociedade moderna.

São 18h55. Faltam cinco minutos. Cinco minutos foi o que precisou um batedor de carteira para furtar todo o salário de um mês do pagamento do meu pai. E ele foi obrigado a fazer um empréstimo e posteriormente vendeu — permita-me, apenas para mostrar falsa erudição, conforme o prólogo de Don Quixote — um *pluralis tantum*, suas férias, para compensar aquele desfalque. Ocorreu assim — segundo a narração do meu pai —: "uma garota se jogou em cima de mim, enquanto isso um rapaz com um agasalho entre os braços tentou passar entre mim e a dita garota. Estava perto do ponto onde eu descia do ônibus". Meu pai só foi perceber que fora vítima de um furto quando chegou em casa. Foi um momento difícil. Naquele mês minha mãe não comprou nada a não ser alimento, pois havia prestações de empréstimos para pagar. Tivemos muitos problemas por causa daquele roubo. Estou diante do garçom, digo que não tenho dinheiro. Ele fala: "senhor, não posso fazer nada". Nunca ninguém pode fazer nada. Lembro que muitas vezes ninguém pode fazer nada. Crianças morrem e ninguém pode fazer nada. Homens batem em mulheres e ninguém pode fazer nada. E muitas pessoas sofrem sem ninguém fazer nada.

O garçom chama o gerente. O que mais pode acontecer? Certa vez, fui comprar alguns quilos de carne. Escolhi a carne, pedi para o açougueiro cortar e quando fui pagar não encontrei dinheiro no bolso. O açougueiro ficou muito bravo. Não sei bem o que ele pensou. Sei apenas que ele puxou uma grande faca e me ameaçou e me xingou de uma série de nomes. Saí daquele açougue cabisbaixo, humilhado e revoltado. Deu-me uma gana de voltar e matar o açougueiro, mas fiquei apenas no pensamento. O gerente, um cidadão meio gordo, bonachão, mas uma pessoa dura, acostumada a esse tipo de problema no seu trabalho, fala: "ou você paga ou chamo a polícia". "Pode chamar", penso, mas não digo, meu pensamento se transforma em tom telefônico e emite sinais de chamada. Ninguém atende. O gerente começa a ser grosseiro: "seu vagabundo, desgraçado, por que vem perturbar quem está trabalhando?". Pede aos seguranças para me levarem à parte interna limitada por uma porta de ferro, cuja placa tinha as seguintes palavras "Somente para funcionários". Já sei o que me aguarda. Não vou aguentar ser torturado. Tenho direito a ter e a sofrer minhas próprias dores.

Últimos segundo. São quase sete horas. Consigo livrar-me das mãos dos seguranças. Corro em direção ao pátio interno e me atiro pela mureta. Nesse momento, uno burla, viagem e queda. Até hoje a melhor imagem de queda que vivenciei em toda minha vida foi a proporcionada por Vicente Huidobro, antipoeta, mago das alturas, que, segundo Octávio Paz, "está em todas as partes e em nenhuma. É o oxigênio invisível de nossa poesia". A viagem de Huidobro, a viagem do herói esfacelado no ar e de ar, *Altazor*. Na *altura* observo a altura e sinto luz penetrar em meu ser. Lembro-me de tudo. Não esqueço nada. Sei onde deixei todos os meus pedacinhos de unha e todos os pelos do corpo e seus fluídos. Agora tenho uma síntese de toda a minha vida, mas a única coisa que leio, na calçada, um segundo antes de cair é:

"Eu sou o demônio da vida,
antes de mim nada viveu;
depois, só haverá morte".

4

IN REGRESSO

Com o tempo minhas previsões se confirmaram. No início ela falava aquilo que não pensava, para que eu falasse o que pensava, mas eu dizia aquilo que todo tolo fala, ou seja, o que verdadeiramente não pensava. E isso fazia com que ela pensasse que eu a amava, só porque eu falava... e no jogo, com essas trocas de informações, ela acabou entregando-se totalmente a mim.

Ela precisava de amor: não importava de quem fosse. E achou que era o meu. Mas ela também não sabia que esse amor poderia ser de qualquer outra pessoa, indiferentemente.

E assim foi correndo o tempo. Existem algumas coisas que somente nós mesmos sabemos, que servem exclusivamente a nós e que ninguém, absolutamente ninguém, nunca poderá ou deverá saber. E assim eu tinha algumas histórias que Hélène jamais poderia saber. Uma delas era que eu a amava, verdadeiramente, mas a amava como a qualquer outra pessoa. Este segredo morreria comigo, pelo menos pensava assim.

Eu não a amava, então dizia aquilo que não sentia, pois o meu encanto, minha vida, era a própria vida e por mais que quisesse enganar-me, por mais que ficasse zangado, a qualquer sinal de traição, logo depois meu sorriso florescia. E quando o desfecho era inevitável eu me alegrava por estar livre de alguém, quem quer que fosse. E assim inevitavelmente encontrava-me sem obstáculo para uma outra conquista.

Acontecia sempre assim: algumas horas depois que terminava um namoro ou coisa mais séria, sentia-me retornar àquilo que realmente era e sou: um pícaro. Passava então de imediato a viver de novo e intensamente. Não procurava ninguém para consolar-me. Primeiro porque não precisava, pois minhas emoções eram *teatrais*. Elas só eram apresentadas para um espectador: a minha *amada*. Segundo, porque preferia ficar só, sem envolver-me com ninguém. Mas elas sempre apareciam e eu, levado por uma irresistível ânsia de prazer, aceitava. Era assim, foi sendo assim e continua sendo assim. Nos momentos daquelas rupturas eu fingia, mentia, dizia mil absurdos, fazia declarações peremptórias, lia poesias que tirava das fantasias dos meus sentimentos e dos atores consagrados. E no fundo me deliciava. Quando triunfava e elas voltavam atrás, rejubilava-me não pela não perda, mas por ter enganado, ludibriado.

Com Hélène, pelo que me lembro, tinha dito tudo que um amante verdadeiramente apaixonado poderia dizer. Esta foi minha verdadeira obra de arte. Não pelo fato de ela ser um objeto, mas por ser consequência de um desempenho que procurei fazer com inigualável maestria. Foi tal a seriedade com que disse aquelas mentiras que ela acabou acreditando que precisava realmente de mim. E eu, para não ser totalmente hipócrita e em parte porque gostava de sua companhia, acabei inventando mais daquelas perfeitas mentiras. Digo que Hélène foi a única pessoa e sob este aspecto ela foi diferente das outras, para a qual representei magistralmente. Isso se deu pelo fato de Hélène ser muito inteligente e a inteligência, a astúcia, como ensina o mundo infantil, só podem ser vencidas com burlas. Se, por um acaso, eu me arrependesse e resolvesse dizer-lhe toda a verdade, aí sim ela pensaria que estivesse mentindo e, então, deixar-me-ia.

E foi assim que mentir tornou-se para mim uma necessidade e um hábito naturalizado. E refinei, ainda mais, minhas mentiras para Hélène. E tornei-me escravo de minhas mentiras, porque precisava cada vez mais dela, que exigia de mim uma coerência lógica com minhas mentiras. E eu sofria interiormente quando dizia uma coisa que se contrapunha à teia que já estava arquitetada e instalada em nosso relacionamento.

Nosso relacionamento evoluiu a tal ponto íntimo e de confiança que chegou um momento no qual convenci Hélène a nos dar uma filha. Ela nasceu e nossa filha foi crescendo em beleza e sabedoria. Conforme ia crescendo, porém, Hélène envelhecia na mesma proporção. E Hélène agora ensinava a pequena Hélène como sobreviver entre os homens e quando se imaginava que tinha ensinado tudo para a filha, morreu.

Rememorando aquela que posso chamar de *minha falha vida* entrevejo os seus caminhos. E, como um velho que cria um passado do mesmo modo que uma criança monta um quebra-cabeça, arquiteto as imagens, toco com minhas mãos aquele tempo distante, bem longe, de minha juventude com suas mentiras cristalinas, puras como se estivessem sendo escritas nesse agora. Sinto esse pueril poder que me torna um criador do passado. Os velhos são arquitetos que moldam todo o passado através das lembranças

E lembro-me das palavras de Hélène quando dizia que seguia sua vida como um leitor que passeia os olhos pelo livro. Era uma imagem, e é dela que projeto meu quebra-cabeça com essas lembranças que me veem com tanta nitidez que parece até que esse corpo decadente ainda tem vida. Parece que tinha seguido um livro, uma cartilha e que na última linha da última página apareciam misteriosamente as letras *etc*. E por mais que tivesse sido didática, exigente e minuciosa no translado do seu monumental conhecimento, levou, ainda, com sua morte, alguma coisa que a filha deveria descobrir e era aquele fantasma, o *etcoetera*, como uma imagem especial que tinha movimento, calor, umidade, sensações e que conjugava dois pontos no mesmo corpo e no mesmo espaço, como dois olhos em apenas um olhar, como o brilho e a escuridão no mesmo piscar. Isso a filha teria que vivenciar por si mesma e essa descoberta, e nessa descoberta, a mãe apareceria na filha, através e permeada pelos meus falsos discursos, pelos meus fraudulentos vocábulos que progrediam em mentirosos sintagmas.

5

DESCOBERTA

Passando a mão delicadamente pelos cabelos e descendo para o pescoço, os ombros e parou aí. Jamais conseguira ir além. Ao chegar perto de algumas partes suas mãos tremiam. Não conhecia seu corpo. As poucas chances que tinha para conhecê-lo eram impedidas por alguma coisa, mas não sabia bem o que era.

Seus conhecimentos resumiam-se naquele apalpar os cabelos, no rolar as mãos pelo pescoço, descer pelo tronco roliço e bater delicadamente na branca barriguinha até chegar aos pezinhos orientais. Não conhecia seu corpo e esse não conhecer me intrigava. Bem dizia sua avó: "A solução para o medo não existe, principalmente quando este é derivado do tabu." A solução era vencer esta barreira, se bem que depois viria a consequência do que ocasionou o tabu, mas sempre quando o espírito teimoso tenta...

Acontecia sempre assim: as mãos um pouco trêmulas passaram pelo rotineiro ritual, cabelos, pescoço, ombros e desceram até os seios. Pararam ali, seguraram-nos bem cheios, com suas pontas esticadas e pararam um bom tempo naquele lugar. De sua boca saíam espumas como de uma cadela louca. Mas a indomável curiosidade não parava aí. As pélicas, depois de apertarem os leves seios, até deixar os onze dedos (porque aquele era maior do que os outros?) marcados nas flácidas montanhas, roçava-os como o padeiro faz com a massa (aquela massa leve, macia, fina e cheirosa quando sai da masseira) e a espuma caía nos seios tornando aquele exercício ainda mais agradável, a pele e a água, acima as mãos e acima das mãos outro dedo. Então pergunto-me: será que Afrodite nasceu assim?

O ritmo persistia como um *alegro* de uma sonata: ao descerem mais um pouco as mãos sentiram que entraram em algo um pouco áspero, mas que era ao mesmo tempo molhado por dentro. Enquanto isso em cima a espuma secou e as montanhas brancas com cimo negro olhavam para o alto esquecendo o que ocorrera e também o que estava acontecendo. Ao entrarem, mais para dentro, sentiram que batiam em algo (talvez fosse um bedel?), que saíra para fora, prestes a bater-se em defesa. Os cabelos ficaram molhados e uma nova espuma saiu pelos cantos da boca agora lá embaixo...

No meio, as montanhas ficaram alertas querendo alcançar o céu e se um balão passasse por ali ao bater em coisa tão rija talvez estourasse. As mãos obedeceram ao desejo de penetrar mais lá dentro, buscando o final daquela abertura, que em movimentos de contração abria e fechava.

Quando ocorria o fechamento da abertura, o corpo inteiro

parecia tomar um choque, tentando levantar-se da cama. Só os calcanhares e a nuca sustinham-se no colchão. Os dedos, os onze dedos, ficaram melados de um líquido que tinha o cheiro úmido e era um pouco grudento. Quando as mãos penetraram quase completas sentiu como se tivesse tirando as entranhas de um animal através de um pequeno orifício fazendo sair mais espuma. A boca cuspia para o lado e para baixo. Uma gosma descia vagarosamente. Parecia uma lesma passeando pelo meio de duas montanhas, criando um pequeno filete de umidade, quase um riozinho que acabara de nascer. Nesse movimento de encontros, de sensações e de buscas uma mão penetrou calmamente pelo lado de trás, tentando encontrar a mão que fazia o mesmo movimento no outro lado, em uma espécie de diálogo pantomímico.

O coração começou a bater mais forte. O ouvido que passeava pela pele do tórax sentiu o estremecimento do tecido. Parecia uma estrada convulsionada pela força de um terremoto. O cuspe e a espuma desciam mansamente em direção às pernas. E os olhos fecharam-se simulando um olhar de peixe morto, embora bem vivo. A boca apertava os lábios e as mãos quase se encontravam. Puxou uma das mãos, levantou-a até o nariz e aspirou aquele cheiro profundo de raízes. As mãos então refizeram o percurso, descendo vagarosamente pelo corpo cobrindo-o com aquele cheiro agradável. Enlaçou novamente todo o corpo, em um movimento algo suicida de êxtase e enfiou novamente os dedos por trás. "Como era bom", pensava. Porque não tinha feito isso antes? Nada disso aprendi no livro deixado pela minha mãe, além de tantos *etcoetera*— até naquela posição de descanso dava-se o direito de filosofar

Doía, mas isto só tornava tudo melhor ainda. Primeiro um, depois dois, três dedos entravam e ela enlanguedecia. Agora poderia morrer, pois os dedos ficariam ali, encravados, fixados, para mostrar que pelo menos este tabu havia sido vencido.

E o corpo de Hélène ficou ali, tombado. Eternamente. Findo, naquele exercício, naquele momento imorredouro e atônito. Depois, talvez, houvesse casamento ou concubinato, que era o espelho das lembranças da mãe, pois nem tudo estava escrito no livro.

6

CICLICLICIDADE OU ESPELHO DO *ET COETERA*

— Não vou casar!

— Ah, desculpe!

— Volto depois!

— Segure esta folha que escrevo agor...

— Por favor, sente-se. Aceita um café? Uma água? Um suquinho?

— Está confortável? Ligo o ar condicionado?

— Não!

— Ok!

— ...a, agora posso continuar. Já acomodei este idiota. Lendo, preso à narrativa (será que isso é moderno? Não importa!)."Não vou casar...", era o pensamento. Casar implica viver junto, discutir, dividir, beijar, arrotar, sorrir, chorar, viajar e aguentar... "Ficar junto... O tempo todo tudo compartilhar, inclusive os gases e ranhos....", grande mentira. Chora-se sozinho quando se está com o outro.

— Li outrora um conto de Borges. Se conseguisse escrever

como ele não ligaria para o Nobel. Que conto o "Tlön, Uqbar, Orbis, Tertius". Aliás, gostaria de perguntar que bicho é esse?

O casamento é uma enganação, porque força a conciliação do que é naturalmente inconciliável: duas pessoas. Viverem juntas. Para sempre. A coisa pior é aguentar o cheiro de cigarros ou de uísque na boca de dois dias: é nojento! O homem aguenta a vida inteira as insinuantes formas e os odores da mulher; a mulher tem que aturar dia-a-diário a língua ferina do homem e seus maus cheiros.

No fundo, as mães querem mais é passar a viver livres dos filhos. Por isso, forçam os casamentos. Os filhos amam mais as mães do que estas àqueles. É desproporcional e desleal, além de infernal.

Alguns homens de óculos dizem que quando uma pessoa se apaixona por outra é por que uma se projeta na outra. Talvez seja esta a causa do "anima" e do "animus" de Jung: só misantropia disfarçada, sublimada.

Pierre Ménard, segundo Jorge Luis Borges é o verdadeiro autor de *El Quijote*. Trata-se de uma grande descoberta deste grande político. Enquanto todo mundo pensava que foi um tal de Cervo, se não me engano é esta grafia, o autor do livro do cavaleiro da triste figura, na verdade um francês, os galos também cantam.

Para conhecer tanta coisa, no mínimo, Borges deve ter consultado o livro "Digameagoraseéassimounão" — no prelo —, de autoria desconhecida. Grande cabeça, portenho-britânico. Ganhou o Nobel, merecia, mesmo que não ganhasse. Se eu me projetasse em simples mortal, tudo bem. Mas minhas projeções são muito pretensiosas: Marx, Rosinha de Luxemburgo, Edgar Allan Poe, Dostoievski, Simone, de Beauvoir, é claro, além de Catherine de Medicis e Barbarella, masturbei-me vendo a filha de Henry, nesse Fonda, hoje, ingênuo filme.

"El milagro secreto" que vou fazer é um pouco diferente, mas também bergsoniano: farei você sair desse não tempo e mergulhar no mundo antigo e futuro.

— Volte ao tempo. Me dê meu conto de volta. Vou parar de escrev...

— Hélène, sua louca, vem logo, pare de falar sozinha, gritou a vovó. Tal mãe... será tal filha? Ou eterna felicidade.

7

O DISCURSO

Possivelmente o leitor já se viu envolvido com certos fatos, aparentemente inexplicáveis e que incitam a fazermos determinadas coisas que a nossa aparência e, se permitem dizer, nossa falsa moral, não possibilitam a sua efetivação. Limitar-me-ei a narrar aqui da forma mais precisa e o quanto o juízo me permitir, os estranhos acontecimentos em que me envolvi. E lhes digo estar absolutamente convencido de que pessoa alguma, em plena consciência de seus atos, depositará em minha pessoa a menor, a mais ínfima confiança. Porém, fatos antecedidos por circunstâncias misteriosas dos quais sou mera vítima, não me dão o direito nem de escolha, muito menos de credibilidade, pois confiabilidade quem precisa ter são os Bancos.

Portanto, tudo o que vou contar em nada me amofinará, e muitos não me acreditarão e, como dizia, em nada me apoquentarei se o caro leitor desse escrito não confiar em nada do que aqui exponho.

Havia saído naquele momento da aula. A noite estava calma. Vento quase não existia. Predominava na atmosfera certo calor, devido ao intenso sol verificado durante o dia. No céu escuro da cor de azeviche viam-se, pelo contraste dos astros cintilantes, quase que todas as estrelas da coleção do jovem grego de Niceia.

Como de costume, após o término das aulas, dei apenas alguns passos e estava noutro mundo. Encontrei-me na rua e rumei para o lugar em que sempre ficava depois das aulas: o bar do Tiago. Aquele lugar que me causa um frio tremendo no corpo até hoje só pela sua lembrança. Era uma dessas casas tradicionais que vendem álcool, sonhos, paixões e frustrações engarrafadas em forma de cervejas ou destilados, o estabelecimento tinha o poder semelhante ao de Gata Borralheira, pois assim que púnhamos os pés do lado de fora a realidade, que espreitava à porta da saída, logo nos colocava em seu sólido seio. Não demorei muito caminhando pelas ruas e encontrei S. que, em oposição a mim, cultivava um estranho hábito de cartomancia. É necessário observar que não acredito e sempre fiz, assim como sempre farei, pouco caso desse tipo de coisa. Mas naquele dia, S. me fez uma indagação que tanto me afligiu. Oh! Como afligiu-me. Sendo justamente este o objeto, a causa deste escrito e de toda essa pesada peroração.

Aparecem alguns momentos em nossas trajetórias de vida que nos colocam em situações totalmente constrangedoras e perante as quais não sabemos o que fazer ou o que pensar. E, com o intuito de nos vermos livres dessas situações, acabamos dizendo a verdade quando preferiríamos mentir.

Comigo confesso, deu-se dessa forma, e garanto não fosse o momento, a hora e o assunto, não teria dúvida nenhuma em contrariar o VIII mandamento da lei mosaica. Mas não! Infelizmente tive de ser honesto. Lamentavelmente, encontrei-me em tal estado que disse com sinceridade o que deveria ser mentira. Como dói afirmar semelhante coisa. No entanto essa era a única saída cínica para aquele momento.

A grande verdade, e isto só descobri, infelizmente, depois de minuciosa avaliação, é que poderia ter mentido. Ficaria não só livre deste peso que hoje carrego, mas também agradaria S., em vez de desgostá-la, como de fato ocorreu. Isto teria evitado o trágico desfecho e suas consequências. Lamento de não ter percebido isso na ocasião e, assim, ter evitado tanto constrangimento.

Certas pessoas têm uma propensão para acreditar em mentiras, simplesmente pelo fato de lhes ser mais fácil, cômodo, agradável e confortante. Além disso, parece não existir até hoje um método eficaz que evite realmente ou pelo menos consiga atenuar a mentira. Se alguém disser que um bom questionário resolve o problema, serei obrigado a perguntar: um questionário não é espelho de uma grande mentira? Pode apenas torná-la oficial, cartorial e sacramentada. A questão que se colocava naquele momento e diante da qual não fui suficientemente astuto para perceber é que deveria ter mentido, mas mentido de forma tão deslavada e segura, até que a mentira se transformasse em verdade para S.

As pessoas preferem que digam aquilo que querem ouvir, mesmo sabendo que não é verdade. Naquela situação, não tive esta sensibilidade. Disse aquilo que achava que era certo, mas estava errado. Falei o que achava que era verdade, sendo mentira. S. ouviu a mentira como verdade e agiu em decorrência disso.

A ideia e o sentimento daquele momento, aqueles minutos, foram, para mim, uma eternidade, nunca em toda minha vida o tempo fora tão massacrador.

A pergunta que S. fez e que ainda hoje faz vibrar meus tímpanos e a minha sensibilidade é a única culpada por horas de estudo, noites de reflexão e ainda hoje é motivo de sofrimento. Não é possível imaginar meu estado ao ser abordado daquela maneira e, simplesmente, ter que dizer a verdade!

A vida às vezes é ingrata com o próprio dono da vida, com o ser humano, pois de nós temos apenas uma sombra e quando criança ainda brincamos de pisar na cabeça dela! Quando disse a verdade o castigo veio instantâneo, pois tão logo disse a verdade, S. me jogou um olhar fulminante, cheio de espanto e de indignação. O seu olhar penetrou bem no fundo de meus olhos e diminuiu-me à medida que prosseguia aquele martírio quase levando-me à insignificância.

A pergunta que tanto me aflige e que procuro compreensão para esse estado de prostração que se tornou minha vida era a seguinte: — depois de discutirmos alguns assuntos referentes a cartomancia instados por ela — S perguntou...?

Não consegui arrogar o que considerava, naquele momento, ser a verdade, busco despistar daquela inquisição como a criança tenta fugir da sua sombra ou quando desvia o olhar de um doce. Nem lembro ou procuro não lembrar o período fechado com aquele sinal de interrogação que balançava entre seus dentes como uma forca, ou como um gancho invertido que penetrava em minhas entranhas e sacava do meu interior certas vísceras para a delícia do ar atmosférico e nelas todo alento de vida que certa vez tivera. — Lembro-me sim claramente como a forca que balança diante dos meus olhos e o gancho que se estende daquele triste passado. E disse: "não". Agora, depois de descobrir que errei, fico procurando uma forma de dizer-lhe que menti, pois assim que respondi, S. me deixou para sempre e com ela foi minha vida. Sem S. o que sou? Apenas este espectro, essa sombra de uma sombra de uma sombra que eu vejo, graças a essa luz bruxuleante, balançando naquela parede, esse insignificante ser que segue as sibilantes, curvas de S. Agora respondo como um vulto que parece lamentar, pois a noite quando tudo silencia, uns gemidos se insinuam em uma atmosfera pesada, triste, e que — daqui para diante é apenas lenda — algumas pessoas afirmam terem escutado, mas não sabem dizer se eram apenas resultados do vento, de alguma triste brisa ou mesmo daquela corda puída, refletida na parede, que teima em balançar de um lado para outro...

Há homens que vivem a lamentar, de noite ou de madrugada, que erraram nas palavras, mas foram sinceros nos atos. E a humanidade pergunta: mas o que adianta?

8

OCASO

Sobe aqui e mostrar-te-ei o que está para acontecer depois disso.

Apocalipse 4,5

Primeiro, fiquei assustado. Depois, após passar um medo danado, ouvi aquela voz melodiosa, firme e em belo tom, contar uma belíssima história. Senti-me como o pastor Hesíodo. A bem da verdade, tínhamos nossas semelhanças e diferenças com relação ao poeta grego — como disse. As diferenças, ou melhor, a diferença mais marcante, é que aquele ouviu o canto das musas, enquanto que o outro, uma história contada pelo Diabo.

Após ser tomado por tal surpresa, desejei contar esta pequena história, narrada por singularíssima criatura.

Disse o Diabo:

"Pelo que me lembro, era tarde. Aquelas paradas tardes.

Estava sentado embaixo de uma árvore, quando a imagem de homens surgiu à minha frente. De um lado, Etsel; no extremo oposto, um outro de nome Hespérti — não sei bem como, mas sabia todos os seus nomes. Entre estes encontrava-se Gemit. Todos cobertos por Uranós que, naquela tarde, estava fortemente marcado por muitas cores de forte tonalidade, provocando um sentimento de medo: estranho e, no entanto, encantador.

O tempo estava calmo — Cronos não pretendia devorar ninguém naquela tarde. Zéfiro, Solano, Euro, Austro, Áfrico, Cero, Setentrião, Bóreas deviam estar reunidos em outro lugar — ou bem guardados no saco de Eólo.

Estava tudo parado. As folhas caíam das árvores e desciam retamente em direção à terra. Aliás, não paravam de cair. Caíam como tijolos. Era uma chuva ininterrupta de folhas que caíam naquela pequena estrada. E o som que produziam era de um silêncio oco.

Os três homens não paravam. Prosseguiam naquela estranha jornada. Gaia recebia as folhas e os passos dos homens, sem nenhuma exclamação. Os homens continuavam... Gemit pisava nos estreitos, embora compridos canteiros. Era obra de um estranho jardineiro bem maquinal chamado Jipe — onde seus pneus passavam criava-se uma lide, onde de um lado havia puro deserto e do outro cresciam as pequenas, porém bonitas flores, chamadas silvestrinas. Os homens caminhavam... O lado ocidental de Gemit parecia calmo. O firmamento estava, neste lado, de uma cor azul esverdeada. Mas continuava sem vento. A única brisa era a lenta respiração de Hespérti que parecia triste, e olhava zumbiamente para frente. Pisava com destreza. Parecia pisar em nuvens — do seu lado não havia canteiro. O homem estava carrancudo, não mexia os músculos. Agora via-se a tristeza: abatido, com tez rígida, de um branco amarelado, não mexia os nervos, a não ser o necessário para andar e emitir um riso sardônico. O homem estava com os dentes para fora. Os seus olhos fixamente dirigidos à frente procuravam o final da estrada, mas ela não acabava nunca e devoravam-na implorando que a mesma terminasse e, no entanto, pareciam aliviados por não chegar ao final. Olhando no fundo dos seus olhos podia-se ver um certo medo. O homem estava angustiado, aterrorizado e no fundo não sabia o porquê. E todos continuavam a caminhar.

Uranós então mudou repentinamente de cor: não era mais azul esverdeado. Agora possuía uma cor encarnada. Mudou rápido. O homem notou: não sorria mais. Sua face mudou também de cor, estava avermelhada. Seus músculos estavam descontraídos, mas sua boca continuava escancarada. Hespérti hesitou: não caminhava mais tão seguro. Tateava, olhava para o alto. Procurava por alguma coisa. Começou a chorar.

Saíam lágrimas de seus olhos, uma após outra, mas no fundo de seus olhos via-se um certo ar de alegria. Não sabia o porquê. Mas existiam fagulhas de contentamento nos seus olhos. Continuou andando. Gemit, do lado, a tudo observava. Seu olho esquerdo chorava e o outro permanecia fixo na estrada, sem emoção.

De súbito o firmamento mudou: Vésper apareceu no alto. E tudo naquele lado foi alterado. O céu agora era de cor abóbora, com longas linhas vermelhas, aqui e ali alguns traços azuis. Hespérti parou de chorar. Voltou a sorrir, sua face tornou-se mais relaxada, um pouco avermelhada, mas seus olhos estavam apavorados. Só viam a estrada e as fagulhas de antes diminuíram bastante. Gemit também parou, Hespérti caminhava ao lado de Gemit e logo em seguida vinha Etsel. Leste estava calmo. Do seu lado, o azul e o branco predominavam e o firmamento estava impregnado de nuvens. As nuvens não se mexiam, fixas, paradas: não havia o menor sinal dos asseclas de Eólo. Etsel caminhava sempre na mesma direção. E logo começou a soprar um vento morno. Parecia o Siroco. O chão estava quente e nos corpos dos homens começaram a descer gotas de suor. E o vento batia em suas faces. O céu brilhava. De repente, dois anjos apareceram trazendo um sol avermelhado que colocam bem no meio das nuvens e o vento jogava no rosto dos homens uma poeira vermelha e o suor que caía de seus rostos umedecia aquele pó, formando uma estranha máscara encarnada. Foram muitas máscaras que se formaram daquela sinistra união. Mas elas não permaneciam nas faces dos homens: caíam como tijolos imitando as folhas em insólita sinfonia.

Para cada máscara surgia uma multidão de homens que se agarravam a elas, eles pareciam adorá-las, possuídos como por encantamento, e oravam e dançavam e ritualizavam em torno delas. E assim o tempo passava naquelas terras que agora estavam tão cálidas como um vão entre os hálitos do conquistador Cortez e o grande Monctezuma diante da imagem-ídolo de Huitzilopochetli.

O sol descia prodigiosamente. Parecia que Faetonte novamente se apoderara dele. O astro parecia não ter controle nem limites. Subia e descia em analógica singularidade. E o calor aumentava. Estava realmente muito quente. As máscaras continuavam a formar os rostos dos homens. Havia uma mistura de poeira, calor e vento. Silenciosamente os homens andavam. O rosto de Gemit estava semicoberto. De um lado, uma máscara e de outro a face rosada dele. As metades de suas máscaras iam ficando para trás. Seus olhos encontravam-se fechados. Etsel caminhava a largas passadas também de olhos fechados. O sol seguiu para o outro lado e lá mostrou bom comportamento — Zeus já tinha dado um jeito em Faetonte. Então, de repente, Etsel ajoelhou-se. Ah! E o firmamento ficou de brilho do vermelho de núcleo vulcânico. Etsel olhava para cima, procurava alguma coisa. Andava de joelhos, pois não parara de andar. Sua face era atônito desespero. A certa altura sua vista deixou o alto. Mas a tríplice caminhada continuava. Etsel de cabeça curvada não olhava mais para a frente, nem para o alto, e sim para a terra. De repente, em um movimento convulso, voltou a olhar para cima. Seu rosto se iluminou ao divisar uma pequena estrela que começou a a crescer e junto dela veio um vento forte em torno dos homens e de suas multidões. E logo, a estrela assumiu uma enorme dimensão: tomava toda a frente da estrada. Era uma enorme luz no futuro da estrada que rumava em direção aos homens. Os homens paravam e a estrela parecia entender seu compasso, pois parava no exato momento em que os homens estancavam o passo. Foi um ritmo de avanço e de espera que durou muito tempo e mais parecia uma dança apocalíptica que anunciava um outro espetáculo. Por mais que parasse, logo em seguida retomavam o passo. E parecia que ninguém iria retroceder.

Etsel olhava para cima e para o lado, mas continuava a caminhar. O mesmo sucedeu-se com Hespérti e Gemit. Seus cabelos voavam na frente de seus rostos ou atrás deles conforme mudavam de direção. Era uma grande procela. As máscaras continuavam a cair mais rápido ainda. A multidão as possuía em grande quantidade e já mostrava um certo desinteresse. Alguns as deixavam de lado. Outros fingiam não as ver. Mas todos olhavam o clarão que passava por entre os três homens que caminhavam à frente. Viam o clarão, mas não sabiam sua origem. Olhavam apenas. Intrigavam. E os homens andavam. E a estrela tornava-se mais nítida. Podia-se ver seu enorme corpo iluminado, suas bordas azuis e seu centro inflamado, repleto de neutrinos. Os homens foram ficando bem vermelhos. Etsel estava irrequieto.

Hesperti sorria. Gemit mesclava-se tanto com as cores e com a atitude. Em seguida, todos ficaram brancos, lívidos. O centro da estrela brilhava e neste brilho todos se viam refletidos. Todos os homens e suas máscaras. E as figuras tornavam-se mais nítidas com a maior aproximação da estrela.

Depois disso, o Diabo parou um pouco e não falou mais, silêncio mortal. E nessa altura inquietei-me e perguntei-lhe:

— Sr. Diabo, a história terminou?

Ele olhou atentamente para mim com sua respiração quente e arfante, depois respondeu, com seu hálito sulfúrico que formam figuras quase fantasmais, quase humanas em suas cintilantes nuvens radiosas:

— Na verdade meu jovem ainda não, mas....

Parou de falar. Hesitava. Olhava para um lado e para outro. Interrompi o silêncio:

— Mas o quê?

Então ele me olhou, os olhos gelados e penetrantes, e disse-me:

— Na verdade ainda não, ainda não, não terminou, mas...

— Mas... — continuei nervosamente.

— Mas — apressou-se — o fato é que esta história é extremamente longa. Para ser mais exato: beira a eternidade. Tentarei apenas recuperar um velho conto oriental. Uma historieta perdida na imensidão da oceânica língua humana. Certa vez, um soberano, um grande amigo que sempre soube me ter em conta, pediu para seus sábios responderem à pergunta "qual o sentido da vida?". Muitos sábios se apresentaram e cada um com sua fórmula, teoria ou método particular tentava convencer o soberano sobre qual seria o sentido da vida. Eu sorria em minha câmara com Demócrito, Descartes, Galileu, Marx, Heidegger, Fausto e tantos outros amigos abismais.

E daquela câmara fáustica e iluminada nós todos riamos vendo o sábio soberano rejeitar as ideias limitadas de cada um dos sábios. O rei tinha ainda mais de uma centena de sapientes para consultar, mas não precisou fazê-lo, porque percebeu que cada um deles deslocava o sentido da vida para a órbita imediata de seu saber. O matemático apostava nos números, o botânico na floresta, o filósofo nas palavras e assim por diante. Havia, porém, um homem que também era considerado sábio, mas não frequentava as reuniões dos sábios e quase não participava de atividades ligadas à vida do reino e que estava ali porque fora obrigado por régio decreto. Ele não tinha nenhum rolo de papel e não portava nenhuma engenhoca mirabolante. O rei, ao ver aquele sábio diferente dos outros e que ocupava um lugar no fundo do palácio, perguntou aos seus conselheiros porque aquele homem não aproveitava a oportunidade de expor para ele e seus súditos suas ideias. Os conselheiros segredaram ao inviolável ouvido real que aquele sábio mesmo que tão sábio como os outros não agia como os outros. E quase tocando com as negligentes língua o puríssimo ouvido real, complementaram: que para ele o mais importante era o conhecimento e não a simples demonstração do conhecer. O rei acostumado com o vibrar das línguas daquela espécie, ficou curioso em conhecer aquela singular criatura.

Os conselheiros então trouxeram aquele sábio para bem próximo do rei que perguntou:

— E então, o senhor não quer expor suas ideias sobre o sentido da vida?

O sábio então começou por dizer que todas as verdades são absolutas para quem as concebe e quem as quer absoluta ou para quem acredita nelas, mas a verdade também é relativa porque não é mais do que um fio de um enorme tapete. Todos estes homens são sábios e todos têm sua razão e todos têm um pouco a falar sobre o sentido da vida. Mas nenhum pode falar sobre o amplo sentido da vida, o seu conjunto. A resposta para sua pergunta, majestade, é tão ampla quanto sua generalidade. O sentido da vida é quase uma névoa do ser, uma sombra humana, e quando criança brincamos de pisar na cabeça dela!

O Diabo parou sua narrativa um pouco e levantou a testa suada de tanto refletir.

Então, afligido, perguntei mais uma vez. — Este é o fim da história...?

O Diabo alçou voo em direção às montanhas, mas antes de sumir completamente entoou essas palavras entremeadas com gargalhadas jamais de novo ouvida na terra:

"Os homens chegam ao mundo na forma de criança, nascem; caminham na forma de Etsel, Gemit e Hespérti, isolados cada qual em suas loucas juventudes, em alguns momentos querem mudar o mundo e chegam até a formar multidões que carregam as máscaras produzidas no ardor daquela juventude, crescem; e finalmente, do mesmo modo que nasceram, abandonam aquelas máscaras passadas, que alhures deram alento às suas vidas, e encaixam seu ego e todo o brilhantismo da existência na forma primitiva da posição fetal; a estrada chega ao fim de um novo começo."

"Desse modo eu disse para aquele soberano: o segredo da vida está em teu próprio ser, romercsanrerecrec. Nascer, crescer e morrer. Os homens chegaram e caminhando se vão...

9

A MÃO

Manus manum lavat

Sêneca

Saí da cozinha correndo.

Tropecei em um banco que estava no corredor. Fiquei apavorado. Não senti o meu pé. Bati com muita força no banco, mas não senti o tropeço. Era motivo de sobra para enlouquecer. Mais uma me abandonava por ela... Aquela mão que antes tinha sido minha, e muito carinhosa.

Levou-me primeiro o pé e agora que o sono me atropela, meu olho, meu cérebro, que se entregou a este maldito sono, e não! Não! Não meu coração, não!

Por isso, saí correndo da cozinha. Era aquela mão. Ela que me levou a este desespero. Até onde iria? Desnorteado saí de casa para colocar os pensamentos em ordem. Estava muito quente. Os maus pensamentos me perseguiam. Deus sabe que fiz de tudo para que ela se convencesse que deveria obedecer. Ficava pensando na possibilidade de que, talvez, vendo o comportamento das outras mãos deixaria de lado estas ideias e atitudes isoladas e cumpriria o seu papel de instrumento a meu, e somente a meu, serviço. Nada de mão boba! Parecia difícil entender e aceitar aquela situação. Sempre que voltava para casa, a mesma coisa, mas precisava voltar... tinha que entrar na cozinha, precisava...

Tentava lembrar quando aquilo começara a ocorrer. Uma vez em casa. Era noite. Estava saindo do quarto. Dormia e sonhava coisas que estavam acontecendo. Senti fome. A cozinha chamava. Peguei um pedaço de pão. Comecei a cortar, sem querer cortei-me no indicador da mão esquerda. Corri para pegar Merthiolate, ele escorregou-me da mão direita, caiu e o vidro se quebrou. Lavei o ferimento somente com água. No outro dia, aconteceu a mesma coisa. Acordei. Depois de sonhar coisas similares. Novamente a fome, a cozinha, agora não sem medo. A carne. Queria passar um bife. Minha mão direita segurava a faca. A pontinha da gordura da carne e a parte vermelha e suculenta estavam sendo amaciadas. A faca passeou independente da minha vontade pela borda da carne e foi seguindo um caminho sinuoso pela mesa. Cortava apenas o ar e se movimentava na minha direção. Brilhava à minha frente. Eu olhava e petrificado. Tomei um pouco de fôlego. Acalmei minhas ideias que não estavam se articulando e com grande esforço ordenei à mão esquerda que prontamente interveio na direita e parou o processo. Um frio desceu meu corpo. O hálito frio da lâmina quase em contato com a pele ainda me assustava.

Apesar do meu espanto, verifiquei que a mão esquerda tinha saído do estado de letargia e conseguiu barrar a direita. Tomou a faca. Colocou-a na mesa com a ponta virada para o meu lado...

Ao término desse exercício eu suava frio. Pálido como cera, tez rígida, sem movimento. Boca seca e sentido um tremendo mal-estar. Saí rapidamente da cozinha. Na ânsia de fugir, esbarrei-me num banco. Amaldiçoei meu pé porque não transmitiu a dor. Sem dor não há verdadeiro sentimento é o que ensinam todas epopeias e épicas humanas. Dor e sentimento estão ligados como língua, saliva e palavras. Palavra agora é o que me falta e tudo por uma mão e meu ricardiano reino por um cavalo... Foi aquela maldita mão, de novo!

Voltei da rua no mesmo estado. Dirigi-me para a cozinha. Sentei-me na cadeira. Olhava-a assustado. Não conseguia entender como alguém que cresceu comigo, obedecendo às minhas ordens, ditadas pelo meu cérebro, que me defendeu por diversas vezes e tantas vezes úteis; enfim como algo que fazia parte do meu corpo, criada comigo e por mim, poderia agir assim?

Há tempos desconfiava de suas atitudes isoladas. Algumas vezes surpreendi-a articulando pequenos movimentos, quase próprios. Pequenos deslocamentos que iam contra o que estava prevendo ou indicando. Alguém mais estava passando para o lado dela. Eu estava perdendo aquela batalha. Apenas um sono mortal. Minha mão terminou de fechar o olho que obstinadamente ficava aberto, passou a mão pela minha testa fria e suada e fez o sinal da cruz. RIP.

10

PEQUENA LENDA DO PÉS-GRANDES

Conta-se uma lenda na terra dos Pega-fogo, local onde há homens de pés muito grandes e mulheres de pés bem pequenos que, num passado vivido no presente e projetado para o futuro, havia uma inscrição em um pé de colina não muito grande, nem muito pequeno, dizendo: "O que de Abril passou ninguém saberá jamais."

Essa lenda foi comunicada a todos. Até que um dia passou de Abril e nunca mais ninguém ouviu falar daquela terra do fogo.

11

O DIA QUE FOI QUARTA-FEIRA

Ele disse que é ontem.

Falou-me que o ontem era hoje.

Não! Não quero confundir ninguém! Devo esclarecer melhor. Ele começou não lembrando o que tinha feito no dia anterior ou hoje. Acreditava que aquilo que fizera ontem era o presente. Lembro-me como hoje de *que ele saíra* para visitar seus poucos amigos. Eram mesmo poucos amigos. Dois alunos para os quais lecionava sânscrito. Se tinha família? Não sei, nunca me falou sobre esse assunto. Eu também nunca lhe perguntei. E aqui ninguém pergunta ou responde se não se pergunta antes.

Saiu à tarde para dar as aulas. Quarta-feira, desestressar. Voltou às 21 horas. Tomou uma cerveja, comeu um pouco e fora dormir. No outro dia exclamava, nossa, é quarta-feira! Acordara. Fizera café, tomara e começara a ler o jornal, depois passara aos livros.

Da sua escrivaninha só saíra às 16 horas. Tomou banho e disse que ia dar aula. Estranhei. Quinta-feira. Não havia aula. Mas foi. Voltou às 21 horas. O que teria feito? Não foi dar aulas. Saiu com alguém? Impossível. Não saíra com ninguém durante os doze anos que dividimos apartamento. Seria agora que iria mudar?

Aonde teria ido? Seu percurso resumia-se em ir dar as parcas aulas nas segundas e quartas-feiras, voltar para casa, sentar e estudar. Aonde terá ido? Com meus botões: não sei. Eu também não perguntei. Nunca interferíamos na vida um do outro e eu não iria romper a tradição.

Meu colega de apartamento era metódico, pontual. Eu sabia, acompanhava tudo o que ele fazia. Conhecia o seu não variado roteiro. Calculava, ao seu lado, todos os seus horários. Qual será seu tempo? O ontem pode tornar-se agora? O que fazer? Preciso mudar o dia na agenda dele. Se ele acha que doravante é essa a nova composição dos dias. Eu o acompanho. Anoto tudo o que ele faz. Amanhã é quinta-feira. Dia de ir ao parque.

P.S.: O Sânscrito talvez seja a língua das línguas. O sujeito nessa língua é um criador de tudo que o rodeia, mas não um criador criado no interior do discurso ou de um substantivo abstrato que a partir do seu feito engendra inúmeros predicativados, mas sim um sujeito que entra no próprio ato da composição e que só existe dessa maneira. Um sujeito que não tem qualidades ou adjetivos expressos para entender sua essencialidade. O adjetivo nesse caso é a própria condição do sujeito. Desse modo, o sujeito é um criador porque não é dele que saem os adjetivos e, por sua vez, os predicados não são escravos daquele ente. No sânscrito o adjetivo refere-se ao sujeito não para qualificar uma certa condição ou talento. Ele faz parte do sujeito e a função do predicado não se restringe apenas a uma ação mediada pelo verbo e que relata fatos ou condições do sujeito, predica-se para criar o sujeito. E nesse universo em que a linguagem é primogênita, o homem tateia como a criança faz no mundo recém-aberto para ela. E assim o tempo assume a condição de inúmeras temporalidades não se é no tempo, "são" nos tempos, está ali, aqui, hoje e no ontem, não há apenas um pretérito mais que perfeito em oposição a um presente e que pode ser transposto a um futuro do pretérito composto. É-se ou se é ou são como infinitas possibilidades em tempos e espaços, como Buda que para satisfazer o contentamento de todos os seus parentes, todos os quinhentos *bhagavatl* dos príncipes Sakias, estivera e teria estado, em uma noite, habitando todos os palácios pelos quais seu pai havia estado para apresentá-los individualmente a todos membros de sua grande família. Buda estava ali, alhures, acolá em toda parte e todas as partes estavam e eram ele ao mesmo tempo. Ele dissolvia assim em sua essencialidade nossas tênues fronteiras entre o ontem e o hoje. Teria sido o presente: uma dádiva!

12

O TEMPLO DOS MILAGRES

Porquoi les miracles de Jésus-Christ son ils vrais, et ceux d'Esculape, d'Apollonius de Tyane et Mahomet sont-ils faux?

Diderot

Venho de uma família fortemente marcada pela ambição da aquisição de bens. Na minha infância tudo foi feito para fazer-me enveredar por este caminho. Mas foi na juventude que aprendi perfeitamente os ensinamentos de meus pais; assim como aprenderam com os seus e assim por diante. Trata-se de orar por uma vida melhor e pela paz entre os homens, preparando os filhos para enfrentar aqueles mesmos homens a quem desejara a paz como um grupo de selvagens, na verdade yahoos?, de vertente swiftiana, importando apenas em ganhar, em "passar a perna", em burlar primeiro e mais, em segredo, monetariamente.

É esta a principal lei de nossa sociedade: "se você não *passar a perna* no teu irmão hoje, ele *passará amanhã* em você". Com estes ensinamentos de que na terra havia uma lei e no paraíso outra, prossegui meu rumo. Possuía todas as condições para isso. Primeiro, porque era herdeiro de uma hipocrisia extraída de um ambiente pequeno-burguês; segundo, era resultado do cruzamento genético dos meus pais, pois saí, para minha felicidade, mais parecido com minha mãe do que com meu pai. O que me propiciou uma "carinha de anjo" — era esse meu "nickname" —. A verdade é que quando uma criança tem o jeito de malandrinho, a família a chama de "anjinho".

Parece que isso vai ao encontro da ideia que têm de paraíso. E sob este aspecto são razoáveis. Nascendo nesse ambiente e equipado com estas duas armas para vencer não demorou muito e comecei minha escalada rumo a uma boa vida material.

Comecei executando tarefas modestas e de pouca remuneração, mas intuitivamente sabia que naquele momento o importante não era o dinheiro, mas sim a ocupação, o contato com o mercado, com a vida civil, as trocas entre pessoas e coisas, amém. Ou seja: o importante era entrar no sistema. Foi assim que passei a trabalhar com o pastor — amigo de meu pai, os contatos trabalhistas têm início no próprio círculo familiar. Ao bom pastor cabia cuidar das ovelhas do Pai celestial. Como seu auxiliar, e estando em contato permanente, percebi de imediato que ali estava uma boa e honesta forma de ganhar dinheiro. Meus bons presságios apontavam para uma experiência futura que proporcionaria muito poder e realização social.

É lógico que não estava pensando em tirar o emprego do bom pastor. Gostava muito dele. Era um velhinho bom e delicado. Ele morava em uma bela mansão, motivo que me entusiasmou mais ainda. Estava sempre ajudando os pobres e orando por eles. E era justamente isso que mais me intrigava: como o bom pastor conseguia cuidar de sua vida civil, pois tinha conta em vários bancos inclusive no exterior e, ao mesmo tempo, conduzir a vida espiritual de suas ovelhas. Como ele conseguia encontrar tempo para atender todas aquelas pessoas e rezar por elas?

É até meio desagradável ter de falar sobre o assunto, mas como não tenho a intenção de publicar este escrito, não tem problema. Quem sabe um dia meus herdeiros verão algum valor nele e sigam algumas experiências aqui colocadas para que seu percurso nessa difícil arte de ganhar dinheiro se torne mais fácil. Espero que não tenham que agir e penar tanto quanto eu.

Mas, como dizia, não conseguia entender como o bom pastor arrumava tempo para orar e descansar. Confesso que ficava intrigado e muitas vezes alguns pensamentos infames povoavam minha cabeça. Ficava horas ao lado do pastor tentando atentamente aprender seu ofício. E não entendia como ele poderia cumprir todas as promessas de preces; rezas estas que os pobres, e o melhor do negócio é que as pessoas pagavam! Ele recebia dinheiros, doações variadas, comidas, presentes e mais uma série de outros agradinhos, sendo justamente isto o que mais me inclinava para esta honrada e santa profissão. Pela qual o santo homem nada pedia. Tudo, e isto posso jurar de pés juntos, tudo era dado! Seja pela forma de dízimo, seja simplesmente pela forma de doação espontânea. E ainda me lembro quando humildemente e sem qualquer tipo de ambição manifesta falava: “Não é necessário; não precisa”, mas sempre terminava dizendo “Deus te abençoe”, “Deus te pague”, “Rezarei pelas vossas almas”, “Pedirei pela solução dos seus problemas”.

Ficava matutando longas horas e não conseguia entender como aquele santo homem rezava pelas pessoas. A solução deste problema, que infelizmente só descobri depois de muito tempo, deve-se a um verdadeiro milagre.

Certo dia em que tinha ido visitar meu colega desta dura profissão, pois também me tornara um santo homem, aconteceu algo extraordinário. Depois de aprender todos os segredos do ofício, estabeleci-me junto a um povoado, bem no interior, pobre de tudo — um pequeno deslize de descrença se apoderou de mim diante daquela pobreza incapaz de suprir suas próprias necessidades —, mas parece que quanto mais pobre mais fé. E esta fé, esta fé, o que faz! Depois de poucos meses, tínhamos um templo que ficava no centro da cidade e três capelas que ficavam na periferia, que eu visitava, de carro, todo santo dia. Consegui depois de certo tempo uma casa, e ganhava algum dinheiro, produto de doações. Além disso, havia prendas tais como comidas, presentes e tantos agrados que eu tudo recebia e alguns até em boa quantidade que dava para sustentar todos os meus quatorze filhos, frutos de minhas três mulheres.

Naquele dia, ao visitar meu mestre, do qual guardo profundas recordações, descobri aquilo que ele tão bem sabia fazer e que infelizmente não pude cumprir durante um bom tempo para com minhas ovelhas, ou seja, orar pelas suas almas. Estava acreditando que o meu mestre fazia a mesma coisa que eu que, na verdade, fazia apenas promessas.

Estava até pensando em conversar mais intimamente com ele sobre isto. Foi neste momento que entrei em seu escritório e o encontrei com seus roliços joelhos em cima de um tapete persa. Era uma posição angelical, as bochechas rosadas, as mãozinhas unidas, diante de uma dezena de velas, e de algumas dessas chamas numinosas restavam apenas toquinhos. Estas velas estavam dispostas em pires em cima de um verdadeiro prodígio, milagre... Assumo que era um verdadeiro milagre porque este fato aliado à inteligência de meu tio, produzia uma mistura *sui generis*, uma coisa divina.

Neste momento ouvi a maravilhosa voz de meu mestre "Ave Maria, cheia de graça....". Depois veio o "Pai nosso, que estais no céu..." e assim por diante. E assim saia quase que todo um rosário mesclado com passagens interessantíssimas do Novo e do Velho testamento. Meu mestre me olhou com um sorriso maroto, porque afinal eu penetrara no segredo do seu santuário, no templo, e tempo, do milagre. Saímos então do escritório para saborear um bom jantar regado a vinho *Chateau Neuf Du Pape* e a vinho do Porto e deixamos aquele aparelho cheio de fios, microfones e alto-falantes e outros componentes eletrônicos a reproduzir seus milagres.

13

RERROMEVED

Vós fazeis e sabeis porque fazeis, mas não sabeis porque sabeis que sabeis aquilo que fazeis.

Umberto Eco

Quantos sofrimentos não deve ter sentido Sísifo ao saber do avanço mais do que normal da marcha do seu destino.

Se fosse de idade avançada, naquela época, quem sabe Sísifo não tivesse se entregado ao rolar das pedras. Nunca saberemos. Mas era muito jovem, negava dessa forma o fim, mesmo que, desgraçadamente, a cada passo que dava ficasse mais perto dele. A vida de Rerromeved serve de rascunho para a vida que se quer ter, que se sonha ou ainda que se pensa estar. E esse rascunho está escrito em letras miúdas, em páginas amareladas pelo tempo, deixadas no interior do ser, impossibilitadas, como os dentes que cerram a boca, de ganhar o espaço exterior, o ar. O homem que desconhece o tempo, nada tem; o tempo que desconhece o homem nada sabe. Mas o indivíduo que conhece o tempo do homem e o homem do seu tempo, esse sofre angústias terríveis. O rascunho libertou-se!

O seu castigo por enganar a Tânato não é tão relevante quanto o medo, o terror que o fazia fugir desse ente maligno. Nesse triste destino o que mais lhe proporcionou o terror pânico da floresta foi o conhecimento do que o rondava. Quem não ficaria nesse estado ao saber daquilo que sabe, mas tenta esquecer: a chegada do final, desse túnel em que rolam as pedras e que os mortais comumente chamam "vida". As pedras que rolam na vida fixam marcas nas expressões humanas, segredos de uma existência. Os dentes, às vezes, são rochas que se deslocam tresloucadamente, e deixam então que a bela nadadora da floresta fonológica saía para fora, para mostrar mais que demonstrar, a musa do aquático: a língua. Rerromeved tinha por objetivo escrever uma tese sobre a expressividade da língua. Pensava em comparar as línguas, a física, de Einstein, a do som de Rolling Stones e a língua do José Roberto Aguilar, de "Maria Pão Doce Frito", a do sabor.

Talvez tenha sido isto o que aconteceu com *Rerromeved*, pois todos sabem que um dia morrem, mas ele, pelo fato de ser tão jovem, belo, inteligente, rico, saudável, alegre, educado e de ter sensibilidade, paixão pela natureza e pelas coisas belas e também por ser um verdadeiro poeta; por tudo isso que a vida presentifica e esconde, não cria que um dia viesse a ver a si próprio como simples, embora para seu "eu" tão caro: *Rerromeved*.

Contam que ele sempre enxergava as coisas cândido-otimismo-leibniziano, o que não o impedia de sentir dor pelas desgraças alheias. Ele gostava de passear pelos campos que corriam abertos à frente de sua bela casa, margeados de um lado ao outro pelo imenso bosque das redondezas do Rio Pardo. Os habitantes ainda hoje contam que ele não saía de casa sem antes entrar pelo menos uma vez no bosque. Ficava lá muitas horas escutando o canto dos pássaros, o barulho das águas, o hálito suave de Zéfiro, que escapava quando o vento fugia com Flora. E aquela natureza embebia o sentido das pessoas tragadas pelo Bosque. Lá os doces assobios provocados pelo bater dos bambuzais ressoavam produzindo uma atmosfera de calma e placidez. Ouvia-se apenas o barulho que se encaixavam no todo harmônico daquela natureza. As águas do rio que cortava o Bosque, eram tão claras que permitiam enxergar seu leito formado de uma finíssima camada de areia, em que as águas desfilavam mansamente levantando apenas alguns grãozinhos de areia de um lado e de outro. Sob esta camada poderiam ser observadas pequenas pedrinhas cor de rosa, brancas e verdes que brilhavam ao calor do sol. Passando pelo leito, como soberanos absolutos, deslizavam dezenas de peixinhos vermelhos e pretos, que aquele cenário não ficava inibido em mostrar. Lá, até a sonolenta Ofélia, de Shakespeare, e Nora, de Ibsen, não chamariam a atenção. Os peixinhos seguiam o rumo das águas que corriam primeiro pela parte desnudada do rio e depois para junto dos bambuzais, onde eles se escondiam dos olhares curiosos e apenas podia-se sentir a continuidade do seu percurso pelo fraco barulho que faziam ao caírem para dentro de uma garganta, como uma bocarra, protegida por enormes e alvíssimas rochas...

Era neste lugar que ele mais ficava e que mais alegre se sentia. Parece que Rerromeved alinhava-se ao universo a tal ponto, nesse equilíbrio, que se juntava à própria natureza. Podia-se se falar em uma decantação, prolongada e plasmada ao máximo em uma entidade espácio-temporal, cujo resultado era um ser universal, ou *uno versus al*, sendo, ao mesmo tempo, parte desse todo. Ele tornava-se, então, uma pedra, um graveto, ou mesmo um pequeno inseto que mesclava seu ser em uma folha e, com isso, furtava-se de todos os olhares. Quem olhava para Rerromeved desse jeito, via uma folha verde ou amarelada. Assim, ele poderia sentir-se, e era, um rio, as águas, em uma atitude límpida e clara, mas não visualizável, como fazia, embotada em uma página, Ofélia, não vista pelo dramaturgo *Hamlet*. Ele ajustava-se em um trajeto inverso do rito para a natureza, sem a percepção do traço humanizado. Era quase uma escrita imperfeita, pois onde se procurava o ser Rerromeved via-se apenas um aspecto, uma *morphé* incompleta, mesclada nas formas exteriores. E era assim que ele poderia ser um rio, as águas, as pedras ou mesmo os simples ângulos ou curvas de outros entes, voltando-se, desse jeito, à natureza como *Cosmos*, ou uno parmenídeo. Assim vivia Rerromeved até uma malfadada tarde. Há muito tempo atrás.

Contam que Rerromeved estava caminhando em direção ao bosque, em seu costumeiro passeio, quando encontrou um velhinho esmoler cego, com veste em farrapos e *cego*. Como o jovem tinha um grande coração, prontificou-se a ajudar o velho desamparado e quis levá-lo para casa. E então, a caminho de casa, o velho começou a contar uma história estranha de que ele tinha separado uma luta entre duas lagartas e ao presenciar a estranha luta ficara cego. E a partir de então, passou a prever o futuro, o que temia, pois sempre se lembrava de como Dante colocava os adivinhos e seus semelhantes em sua *Divina Comédia*, aquelas figuras cujos rostos volviam-se para trás, enquanto seus corpos, suas escritas, caminhavam para frente

O jovem cheio de virtudes acreditava que o *modus ponendo tollens* na lógica era a lei do conhecimento e espantou-se com o relato de estranha figura. Contudo, como era educado, furtou-se a comentários e apenas perguntou-lhe o nome. O velho fitou-o bastante antes de responder: "Meu nome não é Saisérit". Rerromeved apelou para a justeza do silogismo e disse que a afirmação de seu visitante era contraditória. Apesar disso, ao chegar em casa, abriu a porta e não deixou Saisérit entrar. Logo, não o acomodou em uma confortável *bergère*, e não dispôs para si achas secas na lareira e não lhe serviu, como de costume, um gostoso café com pão, manteiga, frutas, mel e vinho. O velho, achando-se insatisfeito, viu-se no dever de não retribuir o egoísmo de seu anfitrião. Então, depois de forrado o estômago, levantou-se e talvez dissera o seguinte:

— Meu inimigo, o que somos é justamente o que não somos. Talvez tenha me ajudado, talvez não. Tenho muitos anos e ainda sou jovem. Conheci muitas coisas. Sei que deve estar perguntando a si mesmo se não sou louco. E nesse mundo quanto mais se sabe, sabemos, socraticamente, que nada sabemos. Pela imagem eu sou o velho, você o jovem. Mas que critério utilizamos para afirmar isso? Você se julga mais moço do que eu? Se assim julga é porque os outros assim falam e você repete com eles. Pois eu lhe digo para que não erre mais: "De todas coisas que você deseja procure o outro lado que não quer. Porque o que você deseja é justamente aquilo que menos quer."

Em seguida, o velho parou um pouco, respirou lentamente e passou a olhar para Rerromeved com um olhar que parecia enxergar todos os seus sentimentos, pensamentos, pressentimentos. Depois voltou-se um bom tempo para o fogo da lareira em atitude meditativa e voltou a falar:

— Então, meu inimigo, para não ser irônico, deixarei que escolha entre o bem e o mal. Posso lhe dar algo de bom ou de ruim. Aquilo que você deseja e o que você não quer. Aquilo que você pensa querer e que imagina não desejar. O que crê saber e aquilo que verdadeiramente sabe não o sabendo. Infelizmente não tenho que restituir, pois só assim restituo aquilo que você não me deu.

Rerromeved pensou um pouco, ensaiou uma fisionomia séria, e com certo acento de ironia respondeu:

— Se bem não entendi, *jovem*. O que você não chama de bom é ruim e o que não chama de ruim é bom. E, se tenho de escolher, não gostaria daquilo que é bom para mim sem ser ruim para os outros.

O velho voltou a olhar para ele, a seguir para o fogo e disse em um tom distante, quase inaudível:

— Então, não ficarei de costas e você não olhará este fogo da lareira... Ele dirá muita coisa que no fundo significará a imensidão do nada, pois só ao nada cabe o excesso.

Pegou o braço do jovem e levou-o para perto do fogo, que

naquele momento tinha aumentado bastante as chamas, soltando fagulhas que crepitavam e voavam em todas direções como uma espécie de redemoinho. O velho ainda disse:

— Concentre-se bem.

Rerromeved, em espectra afimatividade, acenou e o velho virou-se para o outro lado e desapareceu envolto em fagulhas que escapavam em forma de redemoinho da lareira que agora parecia querer engolir o próprio universo. O fogo parecia assumir uma forma físico-concreta e espelhava, pelo menos, toda a casa. E era como se ele, como espelho desse pronome *ele*, fosse uma casa dentro de uma casa, mas toda de fogo, iluminada como uma chama dentro de uma chama, um fogo que se sente, que *chama* e *ama*. Então ele se viu em sua cama com um rosto pálido, magro, cadavérico, tez macilenta e olhos fundos. Nem parecia ser ele, tão medonha era a figura pousada no reflexo. Ao lado da cama, um calendário. Marcava aquele dia, mas o ano estava apagado, embora o mês estivesse bem visível: começo da primavera, a estação mais apreciada por Rerromeved. Ao vislumbrar o quadro ele emitiu quase um lamento envolto em profundo hermetismo:

— Será verdade que sempre quando vivemos, vivemos dentro do espelho da morte? O fogo é o espelho do ar? Desse ar que de todo ser se faz ser, semanticamente e inversamente e que ali representava aquela casa, o bosque, todo aquele lugar, que era, ao mesmo tempo, o nada de toda a morte que vem, às vezes, de mansinho, bem devagar como o ar, e outra vezes, aparece, de chofre, como um belo, negro e veloz cavalo. da noite ou do dia, como espelho dobrado de si mesmo!

Em seguida, um silêncio sepulcral apoderou-se de toda a casa, as luzes que antes eram fortes, bruxulearam e as flores e as verdes ramagens perderam repentinamente todo o viço. Até mesmo o silêncio do Bosque era, naquele momento, diferente do costumeiro.

Ele ainda tentou uma derradeira filosofia quando complementou quase unindo um eco a um outro eco do passado: "Não deve ser o que nesse ser há de ser desse não ser de que há ser...".

Depois nunca mais apareceu no Bosque. Não mais cantou, nem escreveu e logo deixou de ser jovem. Esse foi o começo e é o fim, desde que viu, no fogo, tudo o que no significado do significado de seu ser havia para se saber, para responder ao enigma latente no seu insignificante ser.

14

MANAH EDIBRAC

Sólo al morir nos acordamos de que ya estuvimos muertos antes de nacer.

Ramón Gómez de La Serna

Meu nome é Manah Edibrac. Garanto que é este meu nome. Pelas cinzas de meu pai e de minha mãe é... este é o meu nome! Devem estar imaginando que sou louco, novamente garanto: pela luz que emana de Vixnu, estou perfeitamente consciente e se insisto em me justificar é porque ninguém está acreditando, ninguém e isso me incomoda muito.

É verdade. Venho de uma raça marcada pela crendice em todo tipo de culto e de religião e magia. Temos propensão para penetrar no universo sobrenatural e no mundo espiritual. Mas o que vou contar é verdade porque aconteceu, tanto quanto é verdadeiro meu nome Edibrac.

Certa vez dormi porque precisava trabalhar pela manhã,

como de costume, quando acordei abruptamente. Sei apenas que pouco depois, parece ter passado pelo espaço do sono para a vigília, e tendo depois estado em uma espécie de torpor, não sei explicar muito bem esse lapso, mas parece que revivi alguns momentos. E daquele estado passei para o sono e depois despertei de forma definitiva. Isso parecia uma espécie de viagem alucinante de um lapso a um istmo. Encontrava-me em uma cama, ou pelo menos acreditava estar. Olhei em volta e era como se estivesse em um mundo totalmente diferente, pois não reconhecia nada como habitual, mas mesmo assim tinha a impressão de estar em minha casa. Estava escuro, mas conseguia enxergar, era estranha essa forma de visão, pois eu via as formas, mas não os objetos que as representavam e apenas via pequenos detalhes que indicavam a que ente pertenciam. Tudo o que meus olhos transmitiam não era familiar. A cama não parecia a minha. E logo descobri isso, pois aquele colchão era formado de toscos pedaços de palha e, assim, intuí que era onde eu dormira.

Meu corpo, em uma atitude mecânica, saltou imediatamente para fora daquela cama, mas tive que voltar mais imediatamente ao leito porque o chão estava tão frio que me queimava os pés. Parecia viver em sonolência e adormecer de modo vivaz. Não sabia, na verdade, se era muito frio ou muito quente, eram causas de um lado com efeitos diversos do outro. Tudo se confundia na minha cabeça.

Passado o susto imediato comecei a refletir sobre minha situação. Tentei manter a calma e acomodar minha visão àquela escuridão que me envolvia completamente. Foi então que ocorreu um fenômeno que, de imediato, não me dei conta. Conforme acomodava minha visão para poder ver na escuridão, notei que conseguia enxergar ainda mais nitidamente os detalhes de objetos, mas suas imagens completas escapavam-me. Era como enxergar uma agulha e desprezar um enorme palheiro. Outro ponto paradoxal nesse lapso de istmo de minha existência era que minha visão se estendia, compreendendo o espaço mais distante, embora descobrisse depois que o lugar tivesse pouco mais de trinta metros quadrados, e estava ocupado por alguns móveis enfeitados com traçados de linhas das quais podia-se notar uma série de flores, frutos e grinaldas. As paredes eram de um escuro, comparadas apenas àquelas noites sem estrelas, pareciam não ter fim. Não conseguia enxergar o teto. Tão altas e negras se me apresentavam as paredes. Mas o pior é que não havia nem sinal de minha mulher nem de meus filhos, imaginava que não estavam comigo naquele estranho sitio.

Estas, as primeiras impressões do lugar, com a maldita coceira nos olhos foram os responsáveis pelo meu estranho despertar. Meus olhos deviam estar inchados, choravam ininterruptamente muitas lágrimas. Durante o tempo em que fiquei transtornado, assustado, com tudo o que estava acontecendo, consegui esquecer as malditas coceiras, mas agora quando eles se acostumavam com a escuridão, elas voltaram a me irritar de forma dolorosa.

Investi-me de coragem, e vesti os pés com pedaços de pano que encontrei na cama e rumei em direção às paredes com a intenção de encontrar alguma porta ou uma saída qualquer. Foi aí que notei que os móveis eram apenas alguns tocos encostados nas extremidades das paredes ou jogados no chão. Enfim, pude encontrar a porta, mas não abria. Restou-me ficar tateando e nessa busca derrubei um certo galão com um líquido, que provocou um cheiro forte, que agitava minha memória e que depois descobriria do que se tratava. Minha mente estava completamente perturbada, mas eu não perdi a consciência um só instante.

Diante de toda aquela escuridão, tentava lembrar para mim mesmo quem era, onde morava e o que fazia. Embora, não tivesse dúvidas quanto a isso. Comecei a relembrar que exercia o mesmo ofício de meu pai. Trabalhava em uma empresa química em Lapnob. Os produtos químicos eram meus conhecidos e o cheiro recém-espalhado pelo galão derrubado trazia à minha memória imagens que me colocavam neste mesmo lugar! Minha autodefesa acenou com um sinal de perigo. Sabia que aquele galão era um elo importante para resolução de minhas inquisições, mas ao mesmo tempo provocava um certo temor. Tentava em vão lembrar-me dos últimos acontecimentos e a única coisa que vinha à mente era o galão derramando ao meu lado e do meu nome, Edibrac. Tinha certeza que conhecia aquela cena, que já passara por aquilo.

Consegui, finalmente, sair quando puxei uma espécie de trava de segurança e em seguida aquela enorme porta começou a cair em minha direção. Para não ser esmagado por ela pulei para o lado. Logo após espiei para fora e vi que era dia. O sol se levantava muito forte. Conseguia ver todo um campo que se erguia à minha frente. Embora o lugar fosse diametralmente o oposto da localidade da minha casa, estava mesmo assim contente em sair daquele lugar. Tentava arrumar meus pensamentos e lembrei-me de novo do produto derramado do galão e tomei consciência: isocianato de metila. Não havia dúvida, conhecia-o bem. Ainda que estivesse satisfeito de sair daquele inferno no qual me encontrava, estava intrigado por ter escapado.

"Isocinato de metila", pensava e quanto mais pensava mais intrigado ficava. Este gás mata instantaneamente e leva frações de segundos para se espalhar e comprometer todo o sistema nervoso. Passei cerca de sete minutos dentro daquele inferno entre derrubar o galão e conseguir sair, com vida. Estava contente em respirar do lado de fora. E estava muito abalado para fazer mais conjecturas sobre minha sorte.

Não conseguia avistar nada em volta. Parecia um grande deserto. Só muito ao longe percebia-se uma longa estrada. Fui em direção a ela, deixando para trás aquele galpão que, pensei, quando estava em seu interior, ser uma casa. Estava intrigado e com coceiras nos olhos. E fui em direção à estrada.

Não andei muito. Encontrei uma pequena cidade: uma praça, uma pequena capela, um coreto e alguns bancos de madeira, galpões de comércio e belas casinhas em torno. Os poucos habitantes notaram a presença. Eu chamava a atenção. Vestiam-se de forma esquisita e andavam muito desconfiados. Nunca conhecera semelhante vilarejo perto de minha cidade. O clima era bem parecido ao de Lapnob, mas um pouco mais quente. Por isso pensei que estava sendo vítima de um pequeno desmaio e que me perdera em meu próprio país. Com o intuito de me informar, procurei as primeiras pessoas que vi. Eles emitiam uns sons estranhos, mas foi então que notei que eu também pronunciava os mesmos sons.

Fiquei deveras espantado, porque, fato inusitado: eu sabia o que eles diziam e respondia com o mesmo código. Havia comunicação, mas sabia que eu não estava a articular os sons que tão bem conhecia e em que me formara.

Aquela simples constatação me gelou todo o corpo. Recuperei, porém, a calma. Pedi-lhes que me informassem onde estava e como poderia retornar à minha cidade. Disseram que não a conheciam. Andei um pouco mais, vi uma criança lendo um jornal. Concentrei-me, não sei porque, na leitura do jornal. Aí pude travar a primeira impressão com as coisas familiares, os signos estampados no jornal eram os da minha língua. Dizia o seguinte: "Acidente mata centenas de pessoas em Lapnob". Era justamente onde eu morava. Vi então na lista dos mortos o meu nome, Manah Edibrac. Como poderia estar aqui? Estaria desvairando, ou melhor, meu espírito estaria louco? A minha cabeça foi envolvida em lembranças de fatos que pareciam muito distantes. Gente correndo, baques, gritos, dores... desesperos. Não aguentei mais. Saí correndo e repensando aqueles acontecimentos, entender aquele lapso de um tempo que vi, de onde vim e perdi e que ao perder vi e ao mesmo tempo fui indo, indo nesse istmo em que uma vez exi[s]t[i].

15

SIDÔNIO OU A POÉTICA DOS MAL-AMADOS

> *Olhei-me nas tuas águas xochimilco. Que águas poderão agora refletir-me?*
>
> Ronald de Carvalho

Em uma das páginas de um dos vinte e quatro volumes das Obras Completas do Doutor Freud, dentre tantas verdades que aparecem *et passim* nessa gigantesca mentalidade e expostas de forma cristalina em um emaranhado de palavras que caem em nosso pensamento, como folhas de outono, apressadas para chegar ao chão de nosso entendimento; pois bem na página que agora está diante dos meus maltratados olhos, o mestre da psicanálise afirma que o homem feliz não é pródigo em fantasias, mas que o contrário ocorre com o homem infeliz.

Sidônio vive suas fantasias. Vou rememorar um pouco sua vida, ou melhor, farei uma visita, sem bater à porta, às fantasias dele. É lá que se encontra o nosso homem Sidônio.

A carne e o osso andam por um caminho que não é bem uma verdadeira estrada. O caminho é uma abstração, um futuro do esquema, criado pela imaginação e, em uma reversão irônica, a alma seria a parte mais concreta do percurso do ser e, sua consequência, um Sidônio. Então para nos aproximarmos um pouco desse mal-amado ser, precisaríamos esquecer o caminho comum, seu *curriculum vitae*, e projetarmos nossa visão para além da estrada, em uma ampliação cada vez mais radical, para enxergarmos todos os contornos em volta de seu percurso espácio-temporal, e assim vislumbrarmos apenas a floresta, em uma secção dedekindiana, onde A (a) minorante é sempre menor que B (b) majorante, (b - a). É de lá que saem todos os Sidônios, ou, para ser menos obscuro, todas as fantasias de homens que não conseguem completar nada. Em um exagero do eleata zenoniano, o antiespaço do nulo.

Tentarei contar as confissões que essa espécie imaginária de herói fez para mim de modo a aproximar estreitamente as divagações dele às minhas palavras.

"O futuro pertence ao reino do ideal e do imaginativo como imagens invertidas do passado." Assim pensava nosso herói, enquanto caminhava em seu tempo presente. Suspirava, depois dos goles da gelada cerveja, e completava os sopros com a expressão de alguns recônditos pensamentos: "temos apenas o presente", e continuava sua peroração interior, "por termos nascido estamos na jaula, na prisão invisível do presente. É um erro pensar que o futuro pertence aos jovens ou àquele que nasceu hoje", e novos sopros eram oralizados: "o futuro é imaginação, e por isso os antigos diziam com razão: a Deus pertence! O futuro, pois, é dos que ainda vão nascer! É um pequeno reino de cada um dos seres imaginativos a que chamamos homens, um reino que eu mesmo poderia governar e chamá-lo de Lupo Lupo, por exemplo. É lá que me virtualizo e lá me torno uma divindade, uma metáfora na qual ergo a comparação de um reino dentro de um reino! É lá que minha felicidade se completa porque o homem não tem uma verdadeira felicidade. Apenas na vivência de um destes reinos é que ela é recuperada. Portanto, ele precisa de uma projeção criativa que vá além do presente: e é nela que a sensação de felicidade se confirma e se torna aquilo que Hegel chamava de pleroma, uma confirmação, uma plenitude, ou seja, nossa projeção em Deus. Isso é o império dentro do império, por isso só os criadores, sejam físicos ou poetas, têm um pleroma, pois somente pela infelicidade presente poder-se-á vislumbrar a imagem ideal do reino de Lupo Lupo", mirabolava, assim, sua poética dos mal-amados, nosso herói Sidônio. Essa poética era o sumo de uma teoria da imaginação: infantil! Como tudo de heroico, belo e íntegro, um universo pleno de imaginação, do verdadeiro fazer de conta. "Bolas", estruturava em definitivo seu pensamento Sidônio, "a física quântica não diz que o mundo real é formado por pequenos quantas que não são reais! Metáfora, comparação, projeção: esse é um dos Lupos do meu reino de Lupo Lupo!".

Estava perto de casa, e Sidônio, antes de abrir o portão de madeira, refletia, ao entrar, no seu pequeno tempo presente. E eu, esse narrador, também Sidônio, — "'quão organizador era o futuro. Einstein tinha razão!', pensava a partir desse ano que se finalizava, 2017!" – Ele cresceu bem. Misturava-se com os outros meninos sem que se notasse diferença alguma. Aceitou as imposições dos pais, das escolas, dos amigos e dos poucos amores que passaram por sua vida. E é desse modo que virtualizava aquela figurinha do passado de 1978, entrar na casinha alugada pelo pai, na Rua Álvaro Afonso no número 234, que não existe mais! E naquele exato momento que Sidônio entrava, pela sala, corria até a cozinha e pegava a comida, que a mãe dele preparara e a deixara no forno do fogão para ele, sentava à pequena mesa e se punha a comer, com fome e sem muita pressa. Lá sentado, na metade de seu Lupo Lupo, relembrava de Sardnas. Ela, ao ser lembrada, recompunha as fantasias dele. Mulher de olhos pequenos, negros, pele morena, cabelos encaracolados, dentes alvíssimos, mas que quase não se viam pela ausência de sorrisos na boca. Ela usava uma calça jeans apertada e Sidônio, de chofre, pode ver a beleza do corpo dela.

De novo buscava suas próprias memórias. Não se sabe se as daquele tempo ou essa contada por esse ser velho e sem futuro. Depois de tudo, Sidônio escovava os dentes e, cansado, dormia.

Nos outros dias o nome de Sardnas aparecia logo ao colocar o primeiro pé no chão, quando saía da cama. E o itinerário se repetia: pegava o ônibus para ir à Empresa. No caminho, de novo, se punha a imaginar que o dono da empresa poderia ser sequestrado, levado para um canto desconhecido, e que era encontrado por ele, Sidônio! Assim, após salvá-lo, Sidônio poderia, a partir de uma confiança e de uma benevolência que creditara a outra de suas fantasias, obter favores pelo ato de tão quixotesca valentia. E então punha os dois pés na sombra de sua fantasia: “meu Deus! como é bela a filha do dono da empresa”. Ele nem sabia o nome da veneranda criatura para a qual montara em imaginação dezenas de novelas, centenas de filmes, com nomes possíveis para possível figura. Felicidade é como o livro, está lá dentro, mas nem todos a conhecem. Infelicidade não é só questão de prefixo, está a solta no mundo, agarrando qualquer que passa na rua. "Serei feliz!", Sidônio fantasiava e como nos livros digno de uma Bovary, lá em um reino distante tornava-se senhor, rei e sua majestade, conquistava na fantasia seu próprio império de felicidades. "Coqueiro tem poucas folhas, mas também faz sombra!". Pensou alto naquele momento Sidônio. Assim de um real dono da empresa e seu complemento pronominal, ela, a filha, que nem sequer conheciam a fantasia e o ser Sidônio, alguém meditava, não muito alhures, em auxiliar aqueles seres fantásticos que nem suas ocupadas e práticas conjecturavam a enredada encrenca que mesmo uma probabilidade quântica poderia, *ipso facto*, conceber. Pois a partir dessa imagem projetada de salvador, esse ser fictício imaginara-se quase dono do mundo. Conseguiria salvá-lo e, ao fazê-lo, poderia até casar-se com a filha e se tornar dono da empresa. O narrador aqui observa e reflete a organização futura que se impôs à poética vida de Sidônio. Suas fantasias daquele passado soíam ser recuperadas na imagem mais forte dessa outra fantasia, que agora se impunha com mais energia, Sardnas, a daquele momento passado pelo qual andava nosso herói, era de fato uma jovem bonita e alegre que, como ele, trabalhava na empresa e, fato não usual, em que o dono tinha também uma linda filha, "tudo no mesmo lugar e tão distantes!" — às vezes exclamava em quase um uivo digno de lobo triste e solitário nosso herói emitia — embora no foco visual de Sidônio, na parte chamada Lupo é ela,

Sardnas de carnes e ossos que trabalhava de segunda até sexta montando rádios.

Sidônio fora bom aluno nos dez primeiros anos de estudo, depois, em prol do trabalho, repetiu algumas séries. "Repetir, às vezes, melhora nossa percepção do conhecimento, pois se revê o que já se viu e se vê melhor depois de visto". Coloca-se de novo Sidônio a filosofar... Nos primeiros anos de formação, ele gostava muito de matemática, e, sempre que punha s olhos dele em algo, os pontinhos iluminados dos números acendiam no exterior, no mundo real, no qual sempre se sentira um deslocado. E era desse modo que em muitas coisas do mundo, Sidônio percebia os seres numéricos. Esses pequenos pontos repercutiam internamente e criavam uma comunicação em seu íntimo. Era como se os neurônios, eles mesmos, também fossem pequenos pontos iluminados que se acendiam por toda parte do cérebro. Ele pensava muito em termos quantitativos, em diversos momentos de suas caminhadas, em uma delas, ele pensou em uma espécie de matemática absoluta restrita a um universo, mas relativa na comparação desses mundos imaginários que seu raciocínio criara. Acompanhando aqueles pontinhos luminosos da imaginação de Sidônio poder-se-ia se passar para a linguagem verbal e entender em determinado momento uma dessas passagens "luminosas" do nosso herói. Em uma delas, recordo, ia ele descrevendo "é preciso criar uma matemática absoluta" — já estamos vertendo para o mundo escrito os pensamentos de Sidônio — "em universos infinitos, mas que poderiam ser finitizados em comparações com dois ou mais universos em uma matemática do absoluto.

Se (N: 1...∞) e (N: 1...∞.) então (∞ = N) e (∞. = N). Esse seria um Número infinito em seu limite ou provável último número da cadeia infinita. Sendo ∞. o último número da cadeia infinita, então é possível propor uma divisão uma vez que se tem hipoteticamente um limite (.). Assim, o número universo ∞. não poderia ser indicado em sua forma algorítmica, mas poderá ser pensado como um logaritmo. Dessa forma pode-se abstrair uma situação expressa nesses termos:

$$\frac{\infty.}{2} = \tfrac{1}{2} \text{ ou } \{.\infty(b\text{-}a)\ \infty.\}$$

"Assim é possível interpretar como metade do infinito, e essa metade poderá ser acrescida ou subtraída por qualquer número conhecido na escala limitada pelo ∞. ou pela ∞./2. Assim, poder-se-ia pensar em uma possibilidade de justificativas tais como:

$$\frac{\infty.}{2} \cdot (1)$$

"Ou

$$\frac{\infty.}{2} \cdot (-1)$$

"Tendo em vista que, desse modo, o infinito pode ser limitado, então pensar o infinito implicaria combinação. 'E destarte" – Sidônio às vezes gostava de rebuscar o vernáculo — "sempre será possível voltar a um estado inicial numérico, no espaço dos números e o mesmo poder-se-á fazer em relação à temporalidade do universo numérico".

"Se nos colocássemos a combinar infinitamente todas as possibilidades imaginadas de todos esses números, tais possibilidades poderiam, em um platônico *un coup de dés* – do acaso sem acaso ao azar — de uma eterna tentativa, refazer todas as séries de combinações de todas entre todas possíveis. Isto implica que pode haver um limite para todos os números até o infinito e que este estado limitado ocorre através da delimitação de um corpo ou de um universo (exemplo dos números naturais). E assim os números passariam, mesmo que em um tempo próximo da eternidade – chamá-lo-íamos um tempo com bastante tempo —, ao mesmo estado inicial de acordo com a delimitação de seu interior (∞.) e, nesse momento, podemos também chamá-lo de sistema. E dois sistemas ou universos poderiam ser comparados em uma recuperação do estado inicial a partir do estado final, de acordo com as profecias de Boltzmann e de Marcel Proust.".

"As ilusões são como pontos luminosos," lembrava-se Sidônio da penúltima vez que vira Sardnas, não quisera rememorar e assim não deixou registro algum da assim chamada última vez que a viu, por isso nunca anotou ou fez qualquer tipo de referência da última vez... Falava apenas "daquela penúltima", e segundo suas palavras "eu a segui logo depois da sirene da fábrica tocar, finalizando o expediente do dia. Era próximo das cinco da tarde" — 'coisas horrorosas ocorrem às cinco da tarde, bem o viu Lorca, *La cogida y la muerte* — "segui até a saída do Prédio e então" — essa cena marcou a vida de Sidônio. Sardnas sentara em uma motocicleta, uma Turuna – 'era o sonho de consumo de Sidônio e de milhões de trabalhadores naquele final de década de 1970!'. Era a moto de seu amigo Tony. Mas, acrescentou: "vi Sardnas abraçá-lo e beijá-lo". Tudo isso deixou Sidônio vermelho, de vergonha, e por que esconder: também de ódio; o ódio o tempo consome nas almas boas, pois com a idade ele se desloca, como nossos seres, para outros lugares, novas sensações. Mas a vergonha, essa ficou para sempre, como tatuagem na epiderme ou espécie de ser invisível habitando-lhe a pele. Era como se ele próprio fosse um Tatu que visitava o interior de sua epiderme e ia ruminando toda a sua carne até chegar ao coração. Ficou triste, introspectivo, um pouco rancoroso. Tudo passou também. Mas a tristeza, acobertada pelo ensimesmamento, permaneceu e encontrou seu irmão do passado, o deslocamento, de tal modo que passou a sentir que nenhum momento ou qualquer porção de tempo não eram seus. Alguma coisa que era emprestada, como uma camisa, um lar, amigos. Sempre os viu como um livro que não se sabe se vai terminar de ler, se ficará pelo caminho, ou se ficará ali parado, estático em uma estante como um desafio ou demarcando o território do que não era seu, um tipo como o Arcanjo Miguel, com a espada em fogo ou um dos poderosos cavaleiros evocados em *Tirant Lo Blanch* ou *Amadis de Gaula*, do *Quijote*, com aquelas espadas flamejantes ardendo no peito. Esse era um dos afastamentos que isolava um dos Lupos do reino de nosso inominável herói.

Essa poética do mal-amado, do deslocado, um pouco rancoroso, e sem sossego, marcara a vida de Sidônio.

***

"Sardnas, onde estará agora, o que fez ou faz da sua vida que quisera também minha vida", pensava este herói. Depois daquela que foi sua primeira e penúltima paixão, Sidônio nunca mais quis amar de verdade, nunca mais olhou as estrelas como pontos luminosos vivos e palpitantes, acreditara que com Sardnas morrera a última estrela viva que nosso céu mostra. Sidônio não olhava mais para o céu. Sempre que o encontrava, ele estava de cabeça baixa. Ele dizia: "nosso céu é ilusão assim como nossa vida. A terra, o pó é a única realidade e é para ele que segue nossa terrível gravidade".

"Dizem que logo quando morremos tudo que vivemos passa de forma rápida diante dos nossos olhos como um filme. Então podemos reviver tudo, mesmo depois de morto. Edgar Allan Poe, mestre do escrever às avessas de Sidônio, dizia que 'mesmo depois da morte nem tudo estava perdido, do contrário não haveria imortalidade para o homem'. E Hesíodo, mestre de Einstein, dizia que o tempo, Cronos, era curvo, 'Cronos de Curvo Pensar'. Em outra época, da morte dos deuses, Einstein reaviva os mitos, pois propunha uma curvatura do espaço-tempo". Assim, Sidônio vivia entre duas antinomias, ilustrada em um dos seus estudos. Ele creditava a vitória de Cortez pela aceitação de Montezuma e este, por sua vez, cria nos seus deuses, que seriam uma imagem plástica, dobrada e ao inverso, do próprio Cortez, que para Montezuma era seu futuro, que para Cortez era aquele presente. "Ora", Sidônio, algumas vezes, extraía alguns complexos entimemas, e em barrocas palavras, os expôs para esses ouvidos crédulos, ele expressou, apenas uma vez e de maneira enigmática, como soía fazer, o que pensava do pensava do encontro "dos deuses de Montezuma e do cristianismo de Cortez", Dizia esse meu querido e saudoso mestre: "há a possibilidade de união entre espaços distantes em um mesmo tempo, que seria efetivada pela intersecção de pontos, ou divindades, metonímias, aproximando tempos em uma única achada-perdida Yucatan, e que destacaria dois aspectos desse espaço-tempo presente no ser espanhol de Hernán Cortez e no ser de Montezuma, de herança maia-asteca. Cortez ("teules" — "sobrenatural") - retorno dos deuses maias do passado — ao chegar na América representa a volta do passado, o passado no presente, aglutinando o alfa/ômega e todo o tempo, passado-presente-futuro cristão-agostiniano ("verdade e vida, luz"); do outro — difícil dizer lado, seria melhor: — espaço-tempo, Montezuma, sacerdote guardião das tradições maias, era o próprio ser da renovação temporal-cíclica, o passado no futuro — Tescatlipoca, ("alma do mundo") — que estaria no espaço que pertenceria ao tempo do futuro do passado no presente e o fim, na vitória da era do ferro, da ciclicidade, ou seja, o tempo-espaço einstiniano. No fundo, tudo já existiu uma vez e era o mesmo que os gregos chamavam tragédia." Dessa forma, sacramentava sua peroração no tempo terrestre, Sidônio. E eu sou finalmente despertado, Deus!: "uma vez que o ser de *The Waste Land* anda curvado sob o peso da existência, então é possível que, através dessa curvatura, tudo possa ser espelhado de novo, que absolutamente tudo retorne à origem. *Ergo?*: será que as águas do rio não podem espelhar, envergando-se sobre si mesmas, duas vezes a mesma imagem ou o universo, nosso, dos números ou desse eu, meu predileto Lupo quase reino, de meu ser exilado... como eu de novo Sidônio, como prístina imagem de "Xochimilco ou o epigrama da índia exilada".

1ª EDIÇÃO 2019

IMPRESSÃO FORMA CERTA
PAPEL DE MIOLO PÓLEN BOLD
PAPEL DE CAPA CARTÃO 250G/M²
DIAGRAMAÇÃO TECO DE SOUZA
TIPOGRAFIA CHARTER E MUSA